# Les Naufrages
# d'Isabelle

**De la même auteure**

*Chanson pour Frédéric*, coll. Titan, Québec Amérique Jeunesse, 1996.
   • PRIX LIVROMANIE DE COMMUNICATION-JEUNESSE
    1997-1998

*Les Fausses Notes*, coll. Titan +, Québec Amérique Jeunesse, 1999.

# Les Naufrages d'Isabelle

**TANIA BOULET**

QUÉBEC AMÉRIQUE jeunesse

**Données de catalogage avant publication (Canada)**

Boulet, Tania
Les Naufrages d'Isabelle
(Titan jeunesse ; 49)
ISBN 2-7644-0144-2
I. Titre. II. Collection.
PS8553.O844N38 2002    jC843'.54    C2001-941680-6
PS9553.O844N38 2002
PZ23.B68Na 2002

Nous reconnaissons l'aide financière du
gouvernement du Canada par l'entremise du
Programme d'aide au développement de l'industrie
de l'édition (PADIÉ) pour nos activités d'édition.

Gouvernement du Québec – Programme de crédit
d'impôt pour l'édition de livres – Gestion SODEC.

Les Éditions Québec Amérique bénéficient du
programme de subvention globale du Conseil des
Arts du Canada. Elles tiennent également à
remercier la SODEC pour son appui financier.

Québec Amérique
329, rue de la Commune Ouest, 3ᵉ étage
Montréal (Québec) H2Y 2E1
Téléphone : (514) 499-3000, télécopieur : (514) 499-3010

Dépôt légal : 1ᵉʳ trimestre 2002
Bibliothèque nationale du Québec
Bibliothèque nationale du Canada

Révision linguistique : Monique Thouin et Diane Martin
Mise en pages : PAGEXPRESS
Réimpression août 2003

*à ma sœur*

# Prologue

Le jour où Samuel Lachance est entré dans nos vies, il ne se doutait pas des chambardements qu'il causerait. S'il avait eu la moindre idée de ce qui découlerait de cette danse de l'école, au début de mars, il serait probablement resté chez lui, et ma sœur n'aurait pas bougé de sa chambre non plus. Mais on ne sait jamais ce que nos gestes entraînent comme conséquences… Ils sont donc allés à cette fameuse soirée, chacun de leur côté, pour en revenir ensemble, mêlant ainsi leurs destinées… et la mienne.

On dit que le hasard fait bien les choses. L'année qui vient de s'écouler m'a plutôt prouvé le contraire. Aujourd'hui, enfin, je ris souvent, mais ça m'en a pris, du temps, avant de me défaire du sentiment de culpabilité qui me rongeait le cœur. Ça m'en a pris, des larmes, pour alléger le poids que j'avais sur la poitrine et qui m'oppresse encore, certains soirs de tempête. Je ne serai plus jamais la petite Isabelle de quinze ans qui croyait ne pas avoir besoin des autres, de leur chaleur, de leur tendresse… J'ai vieilli de dix ans en quatre mois.

Il paraît que le temps efface toutes les blessures. Je me demande s'il pourra guérir les miennes. Les cicatrices sont encore fraîches et la douleur se fait parfois sentir, la nuit surtout, quand les fantômes viennent hanter mes rêves. J'ai encore du chemin à faire avant d'être délivrée de mon passé. Je me demande même si je pourrai un jour m'en débarrasser. Quand je pense à toute cette histoire, je me rappelle chaque geste, chaque parole, chaque émotion comme si je les vivais encore…

# Chapitre 1

*Un an plus tôt.*

Je vois bouger les lèvres de Valérie, mais je n'entends rien de ce qu'elle raconte; la musique joue trop fort. Je ne prends pas la peine de la faire répéter, ni même d'avoir l'air intéressée. Marc-André, Noémie et Antoine lui suffisent comme auditoire. Moi, j'ai un peu l'esprit ailleurs.

Je croyais que cette danse m'apporterait quelque chose de spécial, qu'elle marquerait un tournant dans ma vie. C'est bizarre, mais j'ai parfois de folles intuitions, qui se révèlent fausses la moitié du temps… comme ce soir. Rien d'extraordinaire ne s'est produit… en tout cas, pas pour moi. La danse s'achève et je me sens un peu déprimée.

Ma sœur, elle, a eu une soirée pas mal plus excitante que la mienne. Marianne est mon aînée d'un an et tout ce que nous avons en commun, c'est notre nom de famille. Moi, je suis la fille sage, celle dont toute la parenté dit qu'elle est bien belle et bien fine et qui ne fait peur à personne. Ma sœur, elle, a les cheveux verts (pour le moment), du front tout le tour de la tête et un goût épouvantable en matière de vêtements. Alors que je me creuse la tête chaque matin pour m'habiller et me coiffer de manière à peu près correcte, Marianne se donne quelques coups de brosse et enfile la première jupe qui lui tombe sous la main. D'ailleurs, tout son linge est tellement grand qu'on dirait qu'elle l'a pêché dans la garde-robe de mon père. Tout le monde s'entend pour dire qu'elle a l'air d'une clocharde ou d'une extraterrestre. Alors, pourquoi les gars lui tournent-ils autour comme des mouches?

Elle a dansé avec à peu près tous ceux de cinquième secondaire. Ils la dévorent des yeux comme si elle était le mannequin de l'heure. Franchement! Le pire, c'est qu'ils ne l'intéressent pas du tout. On voit bien qu'elle danse avec eux seulement pour s'amuser. Elle n'aurait qu'à lever le petit doigt pour les avoir à ses pieds. Moi qui croyais que les gars aimaient les filles bien faites, ma théorie en prend pour son rhume. Marianne est jolie mais fait tout pour le cacher. Ses vêtements ne laissent rien deviner et son maquillage lui donne un air plus mort que vivant. Si j'étais un gars, je ne crois pas que je serais attiré par une fille de son genre. Pourtant, s'il m'était arrivé le dixième de ce qu'elle a vécu dans les dernières heures, je serais contente de ma soirée. Ma vie est si routinière, organisée, prévisible ! J'aimerais tellement pouvoir vivre des choses passionnantes, insensées, magiques… comme ma sœur.

Samuel Lachance vient de l'inviter pour la dernière danse, un *slow*, bien entendu. Marianne a dansé les trois autres en changeant de gars chaque fois, comme à son habitude, mais cette fois c'est différent. Elle a l'air grave, sérieuse et ça me donne un coup au cœur. Je ne l'ai jamais vue comme ça et, je l'avoue, je suis terriblement jalouse. Elle a l'air tellement bien avec son Samuel ! Et il ne regarde qu'elle, ne semble rien voir en dehors de sa personne. Elle passe les bras autour de son cou et pose la tête sur son épaule. Il la serre très fort en lui caressant les cheveux. J'en ai mal au cœur. Elle se prend pour qui, à jouer la grande romantique, alors que tout le monde sait qu'elle chasse les gars comme d'autres les papillons ? Elle ne se doute pas qu'il y a d'autres filles, apparemment moins désirables, qui ne demanderaient pas mieux que d'en avoir un seul, de ses trophées de chasse, pour le garder et l'aimer comme il le mérite. Ma sœur est une gaspilleuse profession- nelle de gars. Elle leur essore le cœur les uns après les autres et il ne reste plus rien pour celles qui passent après.

Je ne peux plus supporter de la voir collée ainsi sur son danseur. Je me tourne vers ma gang et leur lance :

— J'ai une migraine qui commence. Je m'en vais.

Antoine se propose pour me raccom- pagner, mais j'ai envie d'être seule. Je refuse et sors de l'école, soulagée et un peu perdue. Je me sens triste et fâchée en même temps. Qu'est-ce que ça m'ap- porte d'être jalouse ? Rien du tout. En plus, les expériences que j'ai vécues avec les gars ne me donnent pas envie de recommencer. J'ai eu un seul chum avant aujourd'hui et ça m'a fait plus de mal que de bien. Avec Antoine, au début, tout se passait comme dans un rêve : je me croyais invincible, inatteignable dans ma bulle d'amoureuse, et je marchais sur un nuage. Après deux semaines, les choses se sont gâtées et après un mois, j'étais de retour dans le club des célibataires. Depuis, une barrière s'est dressée entre Antoine et moi, que rien n'arrive à ébranler, et notre ancienne complicité s'est transformée en une espèce d'amitié polie qui me tape royalement sur les nerfs. Six mois se sont écoulés depuis notre rupture et j'en ai encore gros sur le cœur à propos de cette histoire. Alors, pour ce qui est de recommencer...

En plus, je n'ai pas de félicitations à faire à Marianne pour le choix de son chevalier servant. Samuel Lachance est arrivé en septembre dernier et tout le monde sait qu'il n'a qu'une envie, lâcher l'école et travailler sur le bateau de pêche de son père. Certains disent que c'est pour cette raison que sa mère ne voulait plus de lui à Québec. D'après moi, ceux et celles qui colportent ces histoires le font par dépit : les filles parce que Samuel n'a jugé bon de s'intéresser à aucune d'elles et les gars parce que, depuis son arrivée, pas un d'entre eux ne peut supporter la comparaison. Samuel Lachance est sans contredit le garçon le plus séduisant du village. Et pas seulement à cause de ses yeux bruns, de son teint hâlé et de son sourire pétillant; il se dégage de lui une espèce de mystère qui rend folles toutes les filles. Moi, les beaux gars me laissent plutôt indifférente. D'après ce que j'ai pu déduire des histoires de cœur de Valérie et de Marianne, qui ne jurent que par eux, ils sont une espèce venimeuse, à éviter à tout prix. Une fois qu'on s'est habituées à leur charme physique, ils nous font beaucoup moins d'effet, paraît-il. Donc, Samuel ne m'intéresse pas outre mesure. Ça tombe bien, il ne m'a jamais jeté le moindre coup d'œil. J'imagine qu'il est trop occupé à repousser la horde de ses admiratrices pour voir les filles qui n'en font pas partie…

Bref, je ne ressens aucune envie de tomber amoureuse et Samuel Lachance ne m'attire absolument pas. Je me sens un peu mieux, maintenant que j'ai réussi à me raisonner. Puisque je n'ai besoin de personne, je n'ai pas à être jalouse de ma sœur !

Je me glisse dans mon lit à peu près en paix avec moi-même. Je suis sur le point de m'endormir quand j'entends des rires dehors. Ah non ! Je venais juste de les effacer de mon esprit ! Je plaque mon oreiller par-dessus ma tête, décidée à mourir étouffée s'il le faut plutôt que d'entendre Marianne et Samuel… ou, pire encore, de ne pas les entendre et d'imaginer ce que cacherait leur silence.

# Chapitre 2

— Qu'est-ce qu'elle lui a fait, ta sœur, pour qu'il s'attache à elle de même ?

Valérie m'interroge en regardant du côté de Marianne, qui, adossée à son casier et les yeux dans le beurre, semble en grande conversation avec Samuel. Depuis qu'ils forment officiellement un couple, ce qui fait de Marianne la fille la plus enviée de l'école, Valérie me bombarde de questions. Ma chère amie me prend soudain pour une grande prêtresse de la séduction. Elle devrait pourtant savoir qu'en matière de gars je ne connais à peu près rien ! Pour la énième fois depuis une semaine, je lui réponds :

— Je n'en ai aucune idée. Ma sœur ne m'a jamais confié grand-chose et je

ne crois pas que ça va changer à cause
de Samuel.

C'est vrai, je n'ai jamais été très
proche de ma sœur, malgré le peu de
différence d'âge entre elle et moi. D'accord, nous nous faisons quelques confidences de temps en temps, mais jamais
rien de très profond. Elle ne sait absolument pas à quoi ressemblent mes rêves,
pas plus que je ne connais les siens.
Évidemment, Samuel en fait partie… du
moins pour le moment. Et cette fois, ça
semble sérieux. Marianne ne m'a jamais
paru aussi amourachée.

— D'après moi, Valérie, tu peux
faire une croix dessus. Marianne a l'air
de vouloir le garder, celui-là.

Elle pousse un soupir à fendre l'âme
qui me fait sourire. Son pauvre petit
cœur a une fâcheuse tendance à s'em-
baller pour rien… Heureusement, il se
répare vite, et sans séquelles ! Pas
comme celui d'un certain Antoine…

Je donnerais n'importe quoi pour
pouvoir parler à Josie, pour qu'on nous
laisse ensemble deux ou trois heures
comme avant. Qu'est-ce qui a pris à ses
parents de déménager aussi ? Ils ne se
sont pas rendu compte qu'en me privant
de ma meilleure amie ils gâchaient ma

vie? Elle a beau être partie depuis huit mois, son absence se fait toujours sentir. Je n'ai trouvé personne pour la remplacer comme confidente; même Valérie n'en est pas une vraie. Josie savait écouter, elle, et poser des questions intelligentes qui me faisaient réfléchir. C'est elle, d'ailleurs, qui m'a fait prendre conscience que j'étais malheureuse avec Antoine et qui m'a aidée à comprendre pourquoi. J'aurais bien besoin d'elle, ces temps-ci.

Depuis le soir de la danse, Antoine me regarde d'un air qui me met mal à l'aise. Je sais qu'il m'aime encore. Il l'a dit à Valérie il y a quelques semaines. Elle s'est empressée de me le répéter, convaincue que je reviendrais en courant dans les bras d'Antoine. Elle a été déçue quand je lui ai répondu que je ne ferais pas deux fois la même erreur. Avec Antoine, ce que j'avais pris pour de l'amour était en fait une belle amitié, une précieuse complicité que j'ai gâchée le jour où je lui ai dit: «Je t'aime.» Sur le coup, j'étais sincère, mais je n'ai pas mis longtemps à constater mon erreur. Antoine, lui, m'aimait vraiment… et m'aime toujours, malgré la peine que je lui ai faite. Ça me brise le cœur, mais je ne retournerai pas avec lui par pitié!

La cloche sonne, me tirant de mes souvenirs et de mes idées noires, et je me dépêche de prendre mes livres pour mon cours de français. Samuel me sourit de toutes ses dents lorsque je passe devant lui. Faut-il qu'il l'aime, ma sœur, pour essayer aussi fort d'entrer dans mes bonnes grâces! S'il savait à quel point mon opinion compte peu pour elle, il se donnerait moins de mal…

▲ ▲ ▲

J'ai passé toute l'heure du cours à me creuser la tête pour trouver une façon de faire comprendre à Antoine qu'il aurait intérêt à m'oublier. Je n'ai toujours pas de solution et, en plus, je me retrouve avec un devoir sur les participes passés qui pourrait aussi bien être écrit en chinois, tellement je n'y comprends rien.

Un peu pour me changer les idées et beaucoup pour garder mes bonnes habitudes, je pars faire mon jogging tout de suite après l'école. J'aime courir. Ça me défoule et j'oublie tout le reste. Après une demi-heure de ce régime, je me sentirai tout à fait détendue et je pourrai profiter de ma soirée en toute tranquillité d'esprit. J'arriverai peut-être même à déchiffrer mon devoir…

En passant dans la rue du bord de la mer, j'aperçois Marc-André, planté devant la marina et perdu dans ses rêveries. Il tourne la tête, m'aperçoit et me fait un grand sourire.

— Salut, Isabelle ! Arrête un peu pour reprendre ton souffle, tu as l'air d'en arracher…

— Tu sauras que je suis très en forme, mon cher ! Mais je peux quand même faire une pause.

Je m'arrête à côté de lui, les mains sur les hanches. Je dois être belle à voir, avec mon vieux pantalon de jogging marine, mon chandail de coton ouaté gris usé et ma queue de cheval à moitié défaite, le visage rouge et en sueur. Je me sens un peu mal à l'aise. C'est drôle, même si Marc-André fait partie de ma gang, je ne le connais pas beaucoup. Il ne parle à peu près jamais de lui ; en fait, il parle très peu en général, et pas plus à moi qu'aux autres. Il faut dire que depuis que Josie est partie la gang s'est un peu… désunie. Elle en était le cœur et on reste ensemble plus par habitude que par intérêt.

— Alors, Isa, quand est-ce que vous mettez le *Neptune* à l'eau ?

Marc-André se passionne pour les bateaux, et particulièrement les voiliers. C'est à peu près tout ce que je sais de lui. Quand ses parents ont acheté *L'Étoile de mer*, il y a trois ans, il n'a parlé que de ça pendant un mois. Quand il a fini par se rendre compte que sa conversation n'intéressait pas tout le monde, il a changé de sujet, mais la mer et les bateaux lui restent toujours dans la tête. Je le comprends un peu. Moi-même, je le trouvais plutôt ennuyant à la longue, avec ses histoires de voilier, mais j'étais bien contente, quand mes parents ont acheté le *Neptune* l'an dernier, d'avoir quelqu'un à qui raconter mes aventures.

— Isa ? T'es dans la lune ou quoi ?

Je sursaute, prise en flagrant délit de rêverie.

— Oh ! excuse-moi. On devrait la mettre à l'eau le 23 mai, le soir du bal des finissants.

— Mes parents ont choisi cette date-là aussi.

Ce n'est pas une coïncidence. On doit tous s'adapter aux marées et aux horaires de travail de tout un chacun, alors…

— D'ici là, on a encore le temps de rêver… Bon, excuse-moi, Marc-André, je vais continuer avant de prendre racine !

Je repars en courant, laissant Marc-André échafauder ses projets de voile.

▲ ▲ ▲

En rentrant de chez Valérie, ce soir-là, je surprends Samuel et ma sœur à s'embrasser dehors. Le temps est encore frais, mais eux n'ont pas l'air de s'en apercevoir. Samuel a glissé ses mains à l'intérieur du manteau de Marianne. Il lui enserre la taille et la tient tout contre lui. Marianne, elle, a les bras autour de son cou et s'y accroche comme si elle ne pouvait pas tenir debout toute seule. Quand leurs lèvres se séparent, c'est pour chuchoter des mots doux, que je devine plus que je ne les entends. Tout ça fait tellement rose bonbon que j'en ai mal au cœur.

# Chapitre 3

Marianne rayonne. Depuis qu'elle a commencé à sortir avec Samuel, il y a deux semaines, elle ne parle que de lui et saisit toutes les occasions qui passent de le vanter. À l'entendre, aucune fille n'a jamais été aussi amoureuse et heureuse. Elle m'énerve, ma sœur, des fois.

Même son apparence a changé, et pas juste à cause de son sourire d'annonce de dentifrice. Ses vêtements, un peu moins informes, la flattent davantage. Je ne me serais jamais douté qu'elle avait des jeans ajustés et des t-shirts à sa taille dans ses tiroirs. Elle ressemble de plus en plus à une vraie fille et de moins en moins à une extraterrestre. Par contre, ses cheveux, d'un rouge flamboyant cette semaine, rivalisent avec ses yeux, qu'elle a très brillants ces temps-ci. Dire qu'il y a à peine un mois elle traînait sa carcasse comme un zombie somnambule…

Elle a même changé du point de vue psychologique. Elle qui ne me confiait jamais rien, voilà qu'elle se met à assiéger ma chambre presque chaque soir pour me décrire son nouveau bonheur en détail. Je comprends son envie de parler de Samuel à longueur de soirée, mais j'apprécierais qu'elle se trouve une autre confidente ! Comme moi, elle est de nature plutôt secrète et n'a pas d'amie proche, alors elle se rabat sur sa petite sœur. Je crois qu'elle fait un peu peur aux autres filles. Elle est tellement décidée et fonceuse qu'à côté d'elle n'importe quelle personne normale a l'air d'une nouille… moi comprise. Je n'arrive pas à lui dire que ses histoires m'assomment. Je la plains un peu : elle semble avoir tellement besoin de parler de Samuel et elle n'a personne pour l'écouter… Moi qui m'ennuie tant de ma meilleure amie, je suis bien placée pour la comprendre, alors j'essaie de la supporter. Un jour, ce sera peut-être mon tour de chercher une oreille attentive… En attendant, elle commence à me taper sur les nerfs à me répéter toujours les mêmes phrases, du genre : « Te rends-tu compte que je sors avec le gars le plus beau et le plus fin de l'école ?... » Son Samuel sèche la moitié de ses cours ou presque ! Il y a de quoi se poser des questions sur le jugement de Marianne...

La voilà qui entre en trombe et se jette sur mon lit, couchée sur le dos, les bras en croix, avec ses yeux brillants et ses cheveux presque fluorescents. Et comme si ça ne suffisait pas, elle parle, parle, comme si rien ne devait jamais l'arrêter.

— Si tu savais comme je suis heureuse, Isa !

Justement, je sais, et je ne me sens pas d'humeur très patiente ce soir. Ça ne l'empêche pas de continuer :

— Depuis que je sors avec Sam, on dirait que je n'ai plus de problèmes. Je flotte ! Quand il me prend dans ses bras, j'oublie tout, et quand il m'embrasse, c'est... Ah ! si tu savais comme il embrasse bien !

— Franchement, Marianne !

— Ben quoi ?

Il y a des détails que je ne tiens absolument pas à connaître. La façon dont

Samuel embrasse ma sœur, et vice-versa, ça ne regarde qu'eux. Je n'ai rien à voir là-dedans et je ne veux surtout pas que ça change.

— Tes histoires ne m'intéressent pas, Marie.

Elle se retourne brusquement sur le ventre et, en s'appuyant sur ses coudes, me fixe d'un air ahuri.

— Comment ça, ça ne t'intéresse pas ?

Je me sens sur le point d'exploser. En ce moment précis, je donnerais n'importe quoi pour être enfant unique.

— J'ai le droit de trouver ton radotage plate ! J'ai le droit d'être tannée d'entendre parler de Samuel Lachance, de sa façon d'embrasser ou de danser ou de marcher ou…

— T'es jalouse !

Ce n'est pas une question, c'est une affirmation, presque une accusation, que Marianne me lance avec un petit sourire en coin.

— Qu'est-ce que tu vas chercher là ?

— Ben oui, t'es jalouse, ça crève les yeux !

Elle s'assoit sur le bord de mon lit dans le temps de le dire, excitée comme un détective qui vient de trouver la clé de l'énigme.

— T'es jalouse parce que tu n'en as pas, toi, de chum, et parce que ça n'a pas marché avec Antoine, et parce que je sors avec un gars beau comme un dieu... Je ne t'en veux pas, je te comprends, moi aussi je serais jalouse à ta place...

Ça y est, elle a réussi à me rendre furieuse. Moi, jalouse d'elle et de son petit bonheur égoïste, de son air niaiseux de Barbie amourachée, de ses soirées passées à côté du téléphone en attendant qu'il sonne et en espérant que ce soit son Samuel au bout du fil? Elle est bonne, celle-là! Ma sœur me connaît mal! En plus, je lui en veux d'avoir osé parler d'Antoine. Lui et moi, c'était notre histoire à nous et elle n'a pas le droit de s'en mêler. Elle salit tout, elle ne comprend rien. Je me lève, la prends par un bras et la tire vers la porte.

— Je ne suis pas jalouse, Marianne, je suis juste tannée, fatiguée et écœurée de t'entendre parler toujours de la même maudite affaire! Ton Samuel n'est pas si intéressant que ça et il n'y a pas que toi qui existes dans le monde! La Terre tournait avant que votre histoire commence et elle continuera à tourner quand vous ne serez plus ensemble! Maintenant, laisse-moi tranquille!

Je la pousse dehors, pas assez vite cependant : avant de fermer la porte derrière elle, j'ai le temps d'apercevoir son sourire moqueur. Elle ne me croit pas ! Je l'étriperais. Que je la déteste, des fois ! Elle croit que j'ai besoin d'un gars pour être heureuse, que je lui volerais son Samuel si je pouvais ! Elle me prend pour qui ?

Les dents serrées, pleurant de rage ou presque, je vais bourrer mon oreiller de coups de poing ravageurs. Mais ça ne suffit pas pour me calmer et je me couche encore tout énervée, maudissant le jour où Samuel Lachance est tombé amoureux de ma sœur.

▲ ▲ ▲

Ce matin, en arrivant à l'école, je bous encore de colère contre Marianne. Je n'ai pas prononcé un seul mot avant son départ. Il faut dire qu'elle n'a pas traîné à la maison. Depuis qu'elle sort avec Samuel, elle arrive à l'école trois quarts d'heure avant ses cours et en sort longtemps après la dernière cloche. Elle n'a jamais montré autant d'intérêt pour les études.

Moi, comme à mon habitude, j'arrive à mon casier cinq minutes avant la cloche. Une feuille de papier ligné, pliée en quatre, attire mon attention. Valérie, peut-être? Mon amie aime parfois jouer les mystérieuses… Mais non, ce n'est pas d'elle. L'auteur a tapé son message à l'ordinateur et ne l'a pas signé.

*Belle Isabelle, que caches-tu derrière tes yeux verts? Des remords ou des projets? Tu sembles tranquille, quand on te regarde de loin, mais je te connais mieux que tu crois. Ton petit cœur bat-il pour quelqu'un en particulier, même si tu ne veux pas le montrer?*

Qu'est-ce que c'est que ça? Une lettre d'un admirateur secret? En tout cas, s'il croit que j'ai l'œil sur quelqu'un, il est dans les patates. Mon « petit cœur » ne bat que pour moi et je n'ai aucune envie que ça change. Surtout pas pour un gars qui me traite de « fille sage ». Il n'y a rien que je déteste plus. Je me sens déjà assez fade et insignifiante sans qu'on me le rappelle.

En attendant de trouver une façon de se débarrasser de son titre, la « fille sage » aimerait bien savoir d'où sort ce message. Je ne vois pas qui, dans mon entourage, pourrait l'avoir fait. Le seul qui m'ait démontré un peu d'intérêt dernièrement, c'est Antoine, et il n'a pas l'habitude de se prendre pour un écrivain. Mais les gens nous surprennent parfois... Antoine m'aime encore, je le sais, et je ne vois pas qui d'autre pourrait m'avoir écrit une telle lettre. Il va falloir que je mette les points sur les *i* une fois pour toutes.

Je sursaute en entendant sonner la cloche. J'avais oublié que j'étais à l'école. Déboussolée, je me précipite vers l'escalier central... heurtant Samuel Lachance de plein fouet ! Je bredouille :

— Excuse-moi, je ne t'avais pas vu.

— C'est rien, Isabelle.

Il me dédie son fameux sourire, me donne une petite tape sur l'épaule puis continue son chemin.

Heureusement pour moi, Marianne ne se trouvait pas dans les parages. Elle aurait pu croire que je me jetais dans ses bras !

# Chapitre 4

*Romantique Isabelle, iras-tu au bal? Je te verrais bien, avec une robe verte comme tes yeux, ou noire, pour mettre en valeur l'or de tes cheveux… Danseras-tu dans les bras de ton prince charmant? Il est souvent plus facile à trouver qu'on ne le pense, il suffit de lui donner sa chance…*

Je chiffonne rageusement ce deuxième message, découvert lui aussi dans mon casier en arrivant à l'école. De quel droit Antoine me traite-t-il de romantique? Que sait-il de mes rêves? Ce qui me choque le plus, c'est qu'il a raison. Je l'avoue, je suis une rêveuse incurable. Je crois encore aux princes charmants, malgré tout ce que je peux voir autour de moi. Je ne m'en vante pas, bien sûr. Je ferais rire de moi avec les histoires d'amour rose bonbon qui me trottent dans la tête.

Et puis, le ton de cette lettre me tombe un peu sur le cœur. Une robe noire « pour mettre en valeur l'or de tes cheveux », franchement… Décidément, Antoine se surpasse, mais ça ne lui fait pas. Depuis que j'ai reçu la première lettre, il y a une semaine, je me creuse la tête pour trouver comment lui dire ce que je pense. Je cherche des mots qui ne blesseront pas trop son amour-propre. Il doit déjà trouver assez difficile d'écrire des messages comme ceux-là, s'il faut que je manque de tact en lui faisant comprendre que je ne ressens plus rien pour lui, son ego risque d'en prendre un coup. Mais là, je crois que ça devient urgent. Quand un gars se met à jouer au poète, c'est grave !

Je décide donc d'aller dire deux mots à Antoine avant la cloche. Je ferme mon casier et me mets en quête de mon ex-amoureux (et peut-être futur ex-ami) de mon air le plus déterminé. Je n'ai pas fait trois pas que je tombe sur Valérie.

— Isa ! Où vas-tu comme ça ?

— Il faut que je parle à Antoine, c'est important.

— Ça doit pour que tu aies l'air aussi pressée…

— L'as-tu vu ce matin ?

Valérie hausse les épaules.

— Il doit être avec sa blonde.

— SA BLONDE ?

Valérie éclate de rire devant mes grands yeux et ma bouche ouverte.

— Voyons, Isa, ne me dis pas que tu n'avais pas remarqué ? Où étais-tu depuis une semaine ? Sur Mars ? Noémie s'est décidée à dire à Antoine ce qu'elle pensait de lui et ils filent le parfait amour. Il t'a bel et bien oubliée, ma chère !

Je reste bouche bée, incapable de penser correctement et encore moins d'émettre un commentaire intelligent. La seule pensée que j'arrive à formuler, c'est que si Antoine a une blonde, il ne m'a sûrement pas écrit les deux mystérieux messages. Alors, qui l'a fait ?

Valérie se méprend sur le sens de mon silence et entreprend de me sermonner :

— Tu sais, Isabelle, si tu avais l'intention de te réconcilier avec Antoine, il fallait t'y prendre mieux que ça. Il t'a laissé une chance mais tu l'as ignoré, alors, tant pis ! C'est bien de se montrer indépendante, mais il y a des limites !

Maintenant, fais-en ton deuil, il n'est plus disponible.

— Non, tu ne comprends pas…

La cloche sonne avant que j'aie fini ma phrase et nos voix se perdent dans le brouhaha. Je ne peux pas expliquer l'histoire des lettres à Valérie. Tant mieux. Je n'ai pas envie de la mêler à ça pour qu'après elle vienne compliquer les choses encore plus. Avec son goût pour le sensationnalisme, elle inventerait un roman dans le temps de le dire !

▲ ▲ ▲

Pendant le cours de sciences physiques, ignorant le prof qui se tue à nous expliquer ses formules, j'analyse la lettre sous toutes ses coutures. À ma première lecture, je n'ai pas fait très attention au message, car je pensais surtout à Antoine et aux mots que j'allais choisir pour ne pas le blesser trop. J'étais sûre de tenir mon mystérieux admirateur ! Maintenant que je sais que les lettres viennent de quelqu'un d'autre, je me creuse la tête à chercher qui et le sens du message prend beaucoup plus d'importance.

D'abord, « romantique Isabelle ». Qui me connaît assez pour savoir que je le suis ? Je ne m'en vante pas ! Je tiens trop à mon image d'indépendante… Genre Marianne, tiens. Personne n'oserait traiter Marianne de romantique. Ça a quelque chose de très troublant de découvrir que quelqu'un (mais qui ?) m'a percée à jour. Mes rêves n'appartiennent qu'à moi et je n'ai l'intention de les partager avec personne. J'en veux à mon « admirateur » de s'être infiltré dans mes pensées… d'autant plus qu'il en occupe depuis la majeure partie.

« Iras-tu au bal ? » Le bal des finissants, bien sûr. Tout le monde ne parle que de ça, à l'école, et pas seulement les élèves de cinquième secondaire. Les finissantes n'arrêtent pas de discuter de leurs robes et les filles plus jeunes rêvent de se faire inviter. L'auteur des lettres anonymes est sûrement un gars de cinquième secondaire qui pense m'impressionner en me parlant du bal. Il va se manifester à la dernière minute pour m'inviter à l'escorter. Le hic, c'est que le bal des finissants ne m'excite pas. D'accord, mon côté romantique rêve de s'habiller en princesse et de passer une soirée magique, mais rester assise pendant deux heures pour entendre vanter les mérites de l'un ou les pitreries de l'autre, merci beaucoup, je préfère passer mon tour ! Marianne elle-même, qui finit cette année, ne semble pas prêter trop d'attention à ses préparatifs. Son Samuel l'occupe entièrement.

À propos de Sam… Hier, quand il est passé chercher ma sœur, elle traînait encore sous la douche. La salle de bains est remplie de toutes sortes de pots de crème. Ma sœur change de parfum un peu comme elle change sa couleur de cheveux, quand bon lui semble. Ces derniers jours, avec ses cheveux roses et son odeur de fraise, je la trouvais un peu ridicule… Sam, lui, ne semblait pas partager mon avis. Il lui tournait autour comme jamais. Toujours est-il qu'hier elle a passé une éternité à se pomponner pour son amoureux. Quand j'ai ouvert la porte à Samuel, j'ai aussitôt regretté mon coup. La politesse exigeait que je reste avec lui et que je lui fasse la conversation en attendant Marianne, mais je n'avais aucune idée de ce que je pourrais lui dire. En plus, les conversations de salon, où on discute de la pluie et du beau temps, ça m'énerve. Quand je parle, moi, c'est parce que j'ai quelque chose à dire. J'aurais pu lui demander ce qu'il a fait pour être renvoyé de l'école pour une semaine, mais j'ai pensé qu'il valait peut-être mieux éviter le sujet.

Sam a compris tout de suite où se cachait Marianne.

— Salut, Isabelle. J'imagine que Marie est sous la douche ?

— Oui, mais ça ne sera plus très long, je crois.

Dans ma tête, j'ajoutais un « ... j'espère » presque paniqué. Sam s'est approché d'un cadre accroché près de la porte, celui d'une photo que j'ai prise de mes parents sur le *Neptune*. Toutes voiles dehors et avec un ciel de carte postale, la photo est très réussie, d'après moi. Samuel l'a fixée pendant de longues secondes plutôt embarrassantes, puis m'a demandé :

— Génial. C'est de toi ?

Je me suis sentie rougir. Je me déteste dans ces moments-là !

— Oui. Comment as-tu deviné ?

Il a haussé les épaules avec un sourire en coin, ce fameux sourire qui fait tomber les filles en général et ma sœur en particulier.

— C'est ton style, je trouve, de prendre des photos.

Qu'est-ce qu'il connaît de mon style, ce gars-là ? Il se prenait pour qui ? J'avais de plus en plus hâte que Marianne se décide à sortir de la salle de bains.

Je cherchais quelque chose à répliquer à sa dernière remarque, mais il m'a devancée :

— Moi aussi, j'en prends pas mal, des photos. J'en ai quelques-unes d'assez réussies, mais jamais autant que la tienne. Tu as du talent.

Il aurait pu en mettre un peu moins épais : je n'ai rien d'une photographe professionnelle, quand même ! Je me suis sentie un peu obligée de m'expliquer :

— C'est plus facile de prendre une belle photo quand on a un sujet qu'on aime... Le bateau, la mer, ça fait partie de ma vie !

Qu'est-ce qui me prenait ? Moi qui ne raconte à peu près jamais rien de personnel à qui que ce soit, j'étais en train de me confier à un quasi-inconnu ! Je m'en voulais d'avoir prononcé la dernière phrase. Quand on n'a rien d'intelligent à dire, on se tait...

Samuel m'a souri mais n'a pas eu le temps de continuer la conversation. Marianne venait de se pointer avec ses cheveux orange et son parfum de mandarine. Heureusement que le ridicule ne tue pas ! J'ai laissé les deux amoureux sur un « Salut, bonne soirée » plutôt sec et j'ai filé vers ma chambre, soulagée de m'éloigner de Samuel Lachance.

▲ ▲ ▲

Marianne m'a demandé d'aller avec elle voir les robes de bal. Miracle ! ma sœur, qui ne s'occupe jamais de l'avis de personne, fait confiance à MON jugement à MOI ! Je n'ai pas osé refuser. Une occasion comme celle-là ne se reproduira peut-être jamais. Et puis, pour être honnête, je suis flattée et plutôt contente qu'elle ait pensé à moi. D'accord, elle n'a pas d'amie proche à qui elle pourrait demander de l'accompagner, mais elle aurait pu y aller seule… Mais elle a préféré que je sois là pour donner mon opinion. Comment dire non ? D'autant plus que mon côté romantique ne demande pas mieux que d'aller se rincer l'œil dans les boutiques…

Je l'accompagne donc au centre commercial, un peu mal à l'aise tout de même. Ce n'est pas tous les jours que je me promène avec une fille aux cheveux orange… Les gens dévisagent Marianne, pas tous, mais ils sont assez nombreux pour que ça me tape sur les nerfs. Marianne s'en aperçoit et, mine de rien, me lance avec un petit sourire en coin :

— Tu sais, on finit par s'habituer.

Sans me laisser le temps de répliquer, elle entre dans une boutique et se dirige tout droit vers les robes de bal. En les regardant presque distraitement, elle poursuit :

— On se fait toujours regarder quand on a les cheveux verts, bleus ou rouges. En général, les gens n'aiment pas beaucoup ceux qui sont différents et il y en a qui sont moins gentils que d'autres.

— Ça ne te dérange pas ?

Elle hausse les épaules.

— Non, plus maintenant.

En faisant défiler les vêtements sur leurs cintres, je tombe sur un vrai chef-d'œuvre : une longue robe bleu nuit, magnifique, un de ces petits bijoux qui peuvent me faire rêver pendant des heures. Marianne ne la remarque pas et passe à la suivante. Une fois de plus, je me rends compte de la différence entre ma sœur et moi. Pensive, je lui avoue :

— Moi, je ne pourrais jamais.

Absorbée par sa tâche, elle me demande distraitement :

— Tu ne pourrais jamais quoi ?

— Me teindre les cheveux comme tu le fais. J'aurais trop peur de la réaction des gens.

Elle s'arrête, me dévisage plusieurs secondes, comme si elle allait dire quelque chose, puis reprend son inspection sans un mot. Je donnerais cher pour connaître le fond de sa pensée, mais je sais que, si elle a décidé de se taire, rien ne servira d'insister.

Finalement, elle réduit son choix à deux robes, toutes les deux rouge feu, une couleur qui lui va généralement bien mais que je trouve un peu voyante pour un bal de finissants. Mais Marianne est Marianne et je garde mes commentaires pour moi.

Pendant qu'elle essaie ses vêtements, je retourne à ma robe bleu nuit. À part son décolleté plutôt audacieux, que je n'oserais jamais porter en public, ce serait la robe de mes rêves. Ajustée au buste et à la taille, elle tombe librement ensuite, et j'imagine la sensation qu'elle procure quand on la porte : elle doit flotter sur les jambes, légère, aérienne… En jetant un coup d'œil à l'étiquette, je retombe brutalement sur terre : je ne pourrai jamais me la payer.

— Essaie-la !

Je sursaute et me tourne vers Marianne, un peu embarrassée. Perdue dans mes pensées, je ne l'ai pas entendue revenir et elle m'a surprise en pleine rêverie. Je chuchote pour que la vendeuse ne m'entende pas :

— Franchement, Marie, as-tu vu le prix ?

— Qui te parle de l'acheter ? Essaie-la donc, juste pour voir !

Son sourire est irrésistible, sa proposition aussi. Je m'empare donc de la fameuse robe et me faufile jusqu'à la cabine d'essayage.

Je tourne le dos au miroir pendant que j'enfile la robe. Elle ne m'ira sûrement pas aussi bien que je l'imagine et je veux garder mes illusions le plus longtemps possible… Le tissu est si doux sur ma peau que je voudrais pouvoir la garder et ne jamais l'enlever. Je ferme les yeux et me tourne vers le miroir, mais je n'arrive pas à les rouvrir. En fait, je crois que je vais enlever la robe sans même regarder. Mais voilà que ma sœur, de l'autre côté du rideau, me réclame :

— Isa, qu'est-ce que tu fais là-dedans ? Es-tu toujours vivante ?

À contrecœur, j'ouvre les yeux, puis les referme… pour les rouvrir aussitôt. Je savais que je n'aurais pas dû essayer cette robe ! Elle me va encore mieux que je le pensais ! Je ne réussirai jamais à l'enlever…

— Isabelle, si tu ne sors pas dans une seconde, je vais te chercher !

Bon, Marianne s'impatiente. Je prends donc une grande respiration et sors la tête baissée, osant à peine mettre un pied devant l'autre. Habillée ainsi, je me sens irréelle et fragile comme une poupée de porcelaine.

Marianne me regarde d'un air abasourdi. Gênée par son silence, je finis par murmurer :

— Voyons, Marie, dis quelque chose…

Sans un mot, elle s'avance vers moi, me fait pivoter et me place face au grand miroir, sans ménagement. Elle marmonne ensuite :

— Redresse la tête… les épaules…

C'est vrai qu'un changement de posture fait toute la différence. J'ai l'air beaucoup plus sûre de moi en me tenant droite et ma poitrine, que j'ai toujours trouvée plutôt insignifiante, me semble tout à coup beaucoup plus intéressante.

Marianne tire sur l'élastique qui retient ma queue de cheval, arrachant quelques cheveux au passage.

— Aïe ! Fais attention !

Toujours sans parler, elle fait bouffer mes cheveux puis les place en se servant de ses doigts comme peigne. Ma sœur, qui s'arrange toujours de façon affreuse, a un goût indiscutable quand il s'agit de coiffer les autres. Mes cheveux, en tombant librement sur mes épaules, font des vagues souples qui se marient à merveille avec le tissu fluide de ma robe. « Ma » robe... Aussi longtemps que je vivrai, je m'en souviendrai comme de la plus parfaite qui ait jamais été fabriquée. Elle a été faite pour moi... mais, malheureusement, je ne pourrai jamais la porter ailleurs que dans cette boutique.

Marianne me fixe d'un air rêveur.

— J'aurais dû apporter mon appareil photo. Elle te va super bien, Isa. Tu as l'air d'un mannequin.

Ouf ! Ma sœur fait rarement des compliments, mais là, elle se surpasse ! Comme je ne sais pas comment réagir, je tourne sur moi-même en essayant de m'examiner sous toutes les coutures, comme pour trouver un défaut qui briserait la magie. Si je réussissais, j'aurais moins de difficulté à laisser ce bijou derrière moi... Rien à faire. Elle est parfaite.

En tournant un peu la tête, tout à fait par hasard, j'aperçois un garçon aux cheveux châtains du côté des hommes. Une fraction de seconde plus tard, je reconnais Marc-André. Nos yeux se croisent, puis il se plonge dans l'observation des complets. Qu'est-ce qu'il fait là, lui, à se chercher un habit ? C'est vrai qu'il doit se poser la même question à mon sujet...

Affreusement gênée d'avoir été vue avec un pareil décolleté, les cheveux défaits en plus, je m'engouffre dans la cabine sans demander mon reste.

# Chapitre 5

*Belle Isabelle, serais-tu une princesse des temps modernes? Tu ne manquerais pas de soupirants pour aller au bal... si tu avais un an de plus. Même si je ne peux pas t'y emmener, j'y serai avec toi en pensée.*

Je commence à en avoir par-dessus la tête de tous ces mystères! Qu'il se montre et qu'il me dise en face ce qu'il a à me dire! Qu'on en finisse! Certaine que je ne pourrai pas entendre un mot du cours de français, je m'empare de mes livres et me dirige vers ma classe.

J'espère que mon amoureux transi se manifestera bientôt en chair et en os. Sinon, je risque de couler tous mes cours d'ici la fin de l'année!

Valérie se rend compte que je n'ai pas du tout la tête à notre travail d'équipe. Le prof de français nous a demandé d'analyser un texte et les questions auxquelles nous devons répondre me semblent bien insignifiantes. Le seul texte que j'aurais envie d'analyser, moi, c'est la dernière lettre de mon fantôme... Par contre, si j'avais le temps de m'en occuper, je finirais par m'arracher les cheveux à force de la lire et de la relire sans trouver le moindre indice... Valérie tente de me tirer les vers du nez :

— Qu'est-ce que tu as, Isa ?

— Rien du tout, pourquoi ?

— Ça fait cinq minutes qu'on passe sur la même question et je gagerais que tu ne sais même pas de quoi il s'agit.

Je hausse les épaules.

— Je suis un peu dans la lune aujourd'hui. Ça arrive à tout le monde...

Valérie me regarde d'un air bizarre. Elle doit me trouver plutôt silencieuse ces derniers temps. Elle ne pousse pas son interrogatoire plus loin. Elle sait que lorsque je décide de garder mes histoires pour moi rien ne me fait changer d'avis.

Au son de la cloche annonçant la fin du dernier cours, je me précipite à mon casier puis chez moi, où je me change en vitesse. Une fois mon costume de jogging enfilé et mes cheveux attachés un peu n'importe comment, je me sens déjà mieux. J'ai attendu ce moment tout l'après-midi. Je ressens un besoin immense de courir pour oublier les lettres anonymes avant qu'elles me rendent folle.

Le soleil se fait plutôt insistant pour un mois d'avril. Je me retrouve en sueur en moins de temps qu'il n'en faut pour le dire. Je décide donc de raccourcir mon trajet et de ne pas passer par la rue du bord de la mer. Oh, et puis, à quoi bon me mentir? Je sais, au fond, que je veux seulement éviter Marc-André. Depuis qu'il m'a aperçue avec ma fameuse robe, la fin de semaine dernière, j'ai réussi à ne pas me trouver sur son chemin. Je préfère ne pas imaginer les commentaires qu'il pourrait faire sur mes essais comme mannequin… Je préfère garder mes illusions et continuer de croire que ma robe me rendait irrésistible.

Après une demi-heure de course et de sueur, je ralentis la cadence, pour reprendre mon souffle et me refroidir un peu. Tout à coup, je me retrouve tout près de Samuel Lachance. D'où sort-il, celui-là ?

— Salut, Isabelle ! Tu es sourde ou quoi ? Ça fait trois fois que je crie ton nom !

— J'avais la tête ailleurs.

La bonne humeur de Samuel m'énerve. Il a l'air d'avoir envie de bavarder et comme il va dans la même direction que moi, je vais devoir jouer le jeu. Je n'ai aucune envie de lui parler, moi !

Il ne semble pas s'apercevoir de l'effet que sa présence exerce sur moi. Il doit être tellement habitué à se faire accueillir comme un prince qu'il ne s'imagine pas qu'on puisse avoir envie de l'envoyer promener.

— Dis-moi, Isabelle, je me trompe ou tu t'intéresses à la photo ?

Il a une façon tellement directe d'aborder les choses… Et puis, où est-ce qu'il est allé pêcher ça, lui ? Il voit une seule de mes photos chez moi et il tire de pareilles conclusions ?

— J'en prends de temps en temps, comme tout le monde…

Menteuse ! Je ne fais pas qu'en prendre de temps en temps, je dévore les rouleaux de film à un rythme que mes parents trouvent carrément anormal. Tout mon argent de poche y passe. Pour une raison qui m'échappe, je ne veux pas que Samuel Lachance le sache. Il me fait un peu peur. Il me connaît à peine et il réussit à deviner un de mes secrets les mieux gardés.

— Isabelle! il y a des limites à être dans la lune, quand même!

Je sursaute, brusquement tirée de mes pensées par le ton faussement irrité de Samuel. Il me fixe avec une envie de rire évidente. Un peu embarrassée, je marmonne:

— Excuse-moi, tu disais quoi déjà?

— Que j'adore jouer au photographe et que je voulais proposer à Marianne un après-midi de séance de photos. Juste pour s'amuser. Je ne suis quand même pas un professionnel! Ça t'intéresserait?

— Tu veux que j'aille vous photographier?

Il éclate de rire. Je ne vois pas ce que j'ai dit de drôle.

— Non, je veux que TU sois sur les photos.

— Ah.

L'idée de m'immiscer entre Marianne et Samuel est loin de me plaire, mais je dois admettre que celle de jouer les mannequins d'un jour me sourit. Comme je ne réponds pas, occupée à peser le pour et le contre, Samuel insiste :

— Alors ? Tu viendrais ?

— Je vais y réfléchir.

— Je suis sûr que ça te plairait. On pourrait en prendre quelques-unes sur la plage. Tu aimes la mer, non ?

Ce gars-là lit en moi comme dans un livre ouvert ! Même Valérie ne me déchiffre pas comme lui !

— Sais-tu que tu me tapes sur les nerfs, Samuel Lachance ?

— Pardon ?

— Rien, rien.

Je tourne le coin de la rue pour me rendre chez moi, mais Samuel reste derrière.

— À la prochaine, Isa.

— Tu ne viens pas voir Marie ?

— Non. Peut-être plus tard.

— Ah bon. À la prochaine, alors.

À la pensée qu'il a fait tout ce chemin avec moi pour le simple plaisir de me parler et non parce qu'il allait voir ma sœur, je me sens flattée. Quand je vais raconter ça à Valérie…

Qu'est-ce qui m'arrive ? Je ne suis quand même pas en train de tomber moi aussi en pâmoison devant Samuel Lachance ! Me sentant soudain la pire des imbéciles, je décide d'oublier les cinq dernières minutes et de ne pas en dire un seul mot.

Je ne retiendrai qu'une chose de cette conversation : l'idée de la séance de photos.

▲ ▲ ▲

Quand Samuel lui a parlé de son fameux projet, Marianne s'est un peu fait prier pour accepter. Je la comprends. Elle n'a jamais été du genre à s'occuper de ce que les autres pensent, et encore moins de s'habiller et d'agir comme ils le voudraient. Dans le fond, selon Marianne, l'idée de Samuel revient exactement à ça : faire d'elle et de moi des espèces de figurines en pâte à modeler qu'il pourra manipuler à sa guise pour obtenir l'effet qu'il recherche. Quand elle m'a expliqué son point de vue, presque exactement dans ces termes, j'ai failli changer d'idée. Je me suis rappelé juste à temps que ma sœur a des opinions plutôt extravagantes et que souvent elle n'est pas tout à fait branchée sur la réalité.

Ce soir, elle vient une fois de plus s'asseoir sur mon lit et reprend ses plaintes et ses grincements de dents.

— Je n'aime pas que quelqu'un me prenne pour une marionnette. Il n'y a rien qui m'énerve plus que lorsqu'on me dit quoi faire.

— Samuel n'a sûrement pas l'intention de te donner des ordres. Il va juste te suggérer des choses…

— Il prendra quand même toutes les décisions importantes. Je déteste avoir l'impression que je perds le contrôle sur ma vie, et j'ai le pressentiment que c'est exactement ce qui va arriver…

Je commence à en avoir plein mon casque de ses lamentations.

— Franchement, Marie ! Perdre le contrôle sur ta vie ! On parle d'un jeu, là, d'un après-midi à se faire prendre en photo pour s'amuser, on ne parle pas de s'embarquer pour l'Australie ou d'aller à la guerre ! Je ne crois pas que ça va changer grand-chose dans ta vie ! Tu ne penses pas que tu prends ça un peu trop au sérieux ?

Elle hausse les épaules avec une grimace.

— Et toi, Isa, tu ne penses pas que tu prends tout à la légère ?

Elle m'énerve, elle m'énerve, elle m'énerve !

— Écoute, Marianne, si ça te met de mauvaise humeur que Samuel m'ait demandé de participer moi aussi, dis-le tout de suite. Je préfère laisser tomber que supporter ton air bête pendant trois mois.

Il faut dire que ma sœur, en plus d'avoir un caractère de chien, a une tête de cochon.

— Non, pas du tout. De toute façon, si ça continue, c'est moi qui vais abandonner l'idée.

— Tu ne t'imagines quand même pas que je vais passer tout un après-midi toute seule avec Samuel !

Elle éclate de rire devant mon air horrifié.

— Ça n'aurait rien de si terrible !

— Oublie ça. Si tu ne viens pas, il pourra faire ses photos tout seul.

Elle se lève et sort de ma chambre avec un air beaucoup moins lugubre qu'à son entrée. Un début de sourire aux lèvres, elle déclare :

— Je vais y penser. Je t'en donnerai des nouvelles.

*Belle Isabelle, tu te caches derrière ton image de fille ordinaire en pensant que personne ne verra plus loin. Pourtant, certaines personnes réussissent à percer ton mystère, au moins un peu... Et quand on réussit à découvrir une petite partie de toi, on n'a qu'une envie : aller voir au fond des choses !*

Il commence à me faire sérieusement enrager, cet admirateur secret qui n'a même pas le courage de signer son nom. Il connaît beaucoup trop de choses sur ma vie. En plus, ça m'énerve qu'il m'appelle « belle Isabelle ». J'ai l'impression qu'il se moque de moi. J'ai beau m'examiner sous tous les angles dans mon miroir, matin et soir, je n'ai pas encore réussi à découvrir ce qu'il peut bien me trouver.

J'aurais envie de grimper sur une table, ici, maintenant, en plein salon étudiant, et de crier que celui qui joue au petit génie en m'envoyant ces messages aurait intérêt à s'identifier avant que je devienne folle.

Je ne le ferai pas. Je n'ai même pas assez d'audace pour fermer violemment la porte de mon casier avec un bruit d'enfer comme j'en aurais envie.

Je prends donc mes livres et mets mon cadenas sur la porte, aussi sagement que d'habitude, et vais retrouver ma gang comme si tout était parfaitement normal.

Pourtant, je bous par en dedans.

Moi, ça me tente.

Alors, allons-y !

ette un coup d'œil à Marianne.

usse les épaules et dit :

Vous êtes tombés sur la tête. Moi,

vous attendre ici, au chaud et au

us arrivons à la plage au beau
d'une averse. Heureusement, je
pas trop loin de la mer et mon
éable me protège bien. Samuel,
romène la tête nue et a l'air de
e la douche. Il commence à
ses photos, mais s'interrompt au
e minute ou deux.

u'est-ce que tu dirais d'enlever
erméable ? Ça ferait tout un
s la pluie !

portais encore mon accoutre-
out à l'heure, je dirais non sans
Le style concours de t-shirts
ce n'est pas mon fort. Mais
dail de coton ouaté me permet
sur l'occasion. Pour une fois
ux faire une folie… Je me
e de mon imperméable sans
itation. Marianne pousserait
ris si elle me voyait mais, puis-
est pas là pour me critiquer,

# Chapitre 6

Ma sœur a fini par accepter de faire partie du projet de Samuel. Elle se servirait de n'importe quel prétexte pour passer un après-midi avec son amoureux, même avec moi dans le décor… De toute façon, aujourd'hui, avec la pluie qui tombe à plein ciel, je ne vois pas comment on pourrait s'occuper autrement.

Nous exploitons chaque coin et recoin du sous-sol de notre maison, transformé en véritable studio. Toutes les quinze minutes ou presque, Marianne et moi courons nous changer. J'emprunte même à ma sœur une grande jupe bariolée et un chandail rouge qui me donnent l'allure d'une bohémienne. Marianne s'amuse à me coiffer et à me maquiller. Quand je me regarde dans le miroir, je ne me reconnais presque pas. Ma sœur a un talent certain dans ce domaine. Ma métamorphose me rappelle le jour où nous sommes allées inspecter les robes de bal, il y a deux semaines. Ce jour-là, Marianne n'en a acheté aucune, mais elle est retournée au centre commercial une semaine plus tard, seule. Revenue avec un mystérieux sac en plastique, elle s'est empressée de le cacher dans sa chambre. Personne n'a encore eu l'honneur de voir sa fameuse robe de bal, pas même Samuel. Un peu étourdiment (peut-être que mon costume de bohémienne me donne de l'audace), je lance :

— Tu pourrais faire prendre une photo de toi avec ta robe, Marie !

Elle perd le sourire qu'elle affichait depuis le début de l'après-midi.

— Non. Je t'ai déjà dit cent fois que je vais garder la surprise jusqu'à la dernière minute.

Je hausse les épaules, plutôt indifférente à la sécheresse de sa réponse. J'avoue que je m'amuse comme une petite folle, et rien ne pourrait me faire perdre ma bonne humeur. Samuel a le don de me mettre à l'aise. Il n'arrête pas

de me parler et de
peine si je me ren
ses photos.

Après deux
déclare qu'elle e
depuis le comm
qu'elle ne prend
l'aventure que
tombe toujours
prend donc par s

— Qu'est-ce
faire un tour sur

Marianne n
répondre :

— Tu es fc
temps ?

Samuel hau

— On ne
bas, quand m
froid. Tu vien

— Jamais

— Et toi,

L'idée de
Samuel Lach
qu'il faut, m
pourraient
sant. Même
sortir par u
gars comme
prends à ré

—
—
Je
Elle ha
—
je vais
sec !

No
milieu
n'habit
imperm
lui, se
sortir
prendre
bout d'u

— Ç
ton imp
effet, so

Si je
ment de
hésiter.
mouillés
mon cha
de saute
que je p
débarras
plus d'hé
des hauts
qu'elle n

# Chapitre 6

Ma sœur a fini par accepter de faire partie du projet de Samuel. Elle se servirait de n'importe quel prétexte pour passer un après-midi avec son amoureux, même avec moi dans le décor... De toute façon, aujourd'hui, avec la pluie qui tombe à plein ciel, je ne vois pas comment on pourrait s'occuper autrement.

Nous exploitons chaque coin et recoin du sous-sol de notre maison, transformé en véritable studio. Toutes les quinze minutes ou presque, Marianne et moi courons nous changer. J'emprunte même à ma sœur une grande jupe bariolée et un chandail rouge qui me donnent l'allure d'une bohémienne. Marianne s'amuse à me coiffer et à me maquiller. Quand je me regarde dans le miroir, je ne me reconnais presque pas. Ma sœur a un talent certain dans ce domaine. Ma métamorphose me rappelle le jour où nous sommes allées inspecter les robes de bal, il y a deux semaines. Ce jour-là, Marianne n'en a acheté aucune, mais elle est retournée au centre commercial une semaine plus tard, seule. Revenue avec un mystérieux sac en plastique, elle s'est empressée de le cacher dans sa chambre. Personne n'a encore eu l'honneur de voir sa fameuse robe de bal, pas même Samuel. Un peu étourdiment (peut-être que mon costume de bohémienne me donne de l'audace), je lance :

— Tu pourrais faire prendre une photo de toi avec ta robe, Marie !

Elle perd le sourire qu'elle affichait depuis le début de l'après-midi.

— Non. Je t'ai déjà dit cent fois que je vais garder la surprise jusqu'à la dernière minute.

Je hausse les épaules, plutôt indifférente à la sécheresse de sa réponse. J'avoue que je m'amuse comme une petite folle, et rien ne pourrait me faire perdre ma bonne humeur. Samuel a le don de me mettre à l'aise. Il n'arrête pas de me parler et de me faire rire, et c'est à peine si je me rends compte qu'il prend ses photos.

Après deux heures, Marianne déclare qu'elle en a assez. D'ailleurs, depuis le commencement, on voit qu'elle ne prend pas autant de plaisir à l'aventure que moi. Dehors, la pluie tombe toujours à torrents. Samuel nous prend donc par surprise en demandant :

— Qu'est-ce que vous diriez d'aller faire un tour sur la plage ?

Marianne ne perd pas de temps pour répondre :

— Tu es fou ou quoi ? Tu as vu le temps ?

Samuel hausse les épaules.

— On ne passera pas des heures là-bas, quand même, et il ne fait pas si froid. Tu viens ?

— Jamais de la vie !

— Et toi, Isabelle ?

L'idée de me retrouver seule avec Samuel Lachance ne m'excite pas plus qu'il faut, mais des photos sous la pluie pourraient donner un résultat intéressant. Même si ça ne me ressemble pas de sortir par un temps pareil, et avec un gars comme Samuel en plus, je me surprends à répondre :

— Moi, ça me tente.

— Alors, allons-y !

Je jette un coup d'œil à Marianne.
Elle hausse les épaules et dit :

— Vous êtes tombés sur la tête. Moi,
je vais vous attendre ici, au chaud et au
sec !

Nous arrivons à la plage au beau
milieu d'une averse. Heureusement, je
n'habite pas trop loin de la mer et mon
imperméable me protège bien. Samuel,
lui, se promène la tête nue et a l'air de
sortir de la douche. Il commence à
prendre ses photos, mais s'interrompt au
bout d'une minute ou deux.

— Qu'est-ce que tu dirais d'enlever
ton imperméable ? Ça ferait tout un
effet, sous la pluie !

Si je portais encore mon accoutre-
ment de tout à l'heure, je dirais non sans
hésiter. Le style concours de t-shirts
mouillés, ce n'est pas mon fort. Mais
mon chandail de coton ouaté me permet
de sauter sur l'occasion. Pour une fois
que je peux faire une folie... Je me
débarrasse de mon imperméable sans
plus d'hésitation. Marianne pousserait
des hauts cris si elle me voyait mais, puisqu'elle n'est pas là pour me critiquer,

profitons-en... Prise d'une impulsion qui va peut-être me coûter cher, j'enlève aussi mes souliers et mes bas. Je vais probablement me réveiller demain en toussant et avec le nez qui coule, mais tant pis. La sensation de liberté que je ressens en vaut la peine. J'ai l'impression d'être une petite fille en vacances.

Samuel avait raison, il ne fait pas froid du tout. Une fois la surprise passée, on s'habitue très vite à la pluie. Je respire l'air marin en fermant les yeux, à m'éclater les poumons ou presque. L'odeur de sel et les embruns sur mon visage me donnent une telle énergie que je sauterais sur place si je ne me retenais pas.

Je m'amuse à avaler les gouttes d'eau qui tombent, comme quand j'avais six ans. J'en oublie Samuel et son appareil. D'ailleurs, sa voix me fait sursauter quand il m'annonce :

— Il m'en reste seulement deux ou trois, Isa. As-tu une demande spéciale ?

Je ne prends même pas le temps de réfléchir.

— J'en veux une de toi.

— De moi ?

Il a l'air surpris, mais j'insiste. Il me tend alors son appareil.

— Fais attention, hein !

— Ne t'inquiète pas, je connais ça moi aussi.

Il enlève son manteau et se prépare à faire de même avec ses souliers.

— Garde-les, je vais juste prendre ton visage.

— Ah, bon… D'accord.

C'est drôle, il a soudain l'air un peu gêné, lui qui est toujours le centre de l'attention… L'impression ne dure pas. Déjà, à la deuxième photo, il s'est repris et affiche le sourire éclatant que tout le monde lui connaît.

J'aperçois alors Marc-André, habillé de la tête aux pieds comme s'il devait traverser un déluge. Il court presque sur le trottoir. En me voyant, il s'arrête net et me dévisage avec des yeux ronds. J'éclate de rire.

— Marc-André ! Viens ici !

Il descend sur le sable jusqu'à nous. Je tends son appareil à Samuel.

— Tiens, prends une photo de Marc-André et moi, d'accord ?

Sans attendre sa réponse, je m'approche de Marc-André. Je suis toujours nu-pieds, nu-tête et en chandail, lequel commence d'ailleurs à être pas mal trempé. Marc-André me regarde comme s'il ne me reconnaissait pas. Moi-même, je me sens différente, comme si j'étais un peu soûle. On dirait que rien ne me dérange, que je me fiche de ce que les gens peuvent penser de moi. C'est peut-être un état permanent pour Marianne mais, dans mon cas, c'est très nouveau.

Je m'appuie sur l'épaule de Marc-André, qui a eu le temps de se ressaisir ; il passe son bras autour de ma taille et nous sourions à l'objectif. Puis il me demande :

— Vous faites ça pourquoi, ces photos-là ?

— Pour rien. On voulait juste s'amuser.

J'imagine qu'il trouve que patauger pieds nus dans le sable sous la pluie est une étrange façon de s'amuser, mais il a la gentillesse de ne pas s'interroger à haute voix sur ma santé mentale. Il me demande plutôt :

— Tu veux que je prenne une photo de vous deux ?

Je n'ai pas le temps de répondre puisque Samuel le fait à ma place :

— Merci, ç'aurait été super, mais il ne me reste plus de pellicule.

Marc-André s'en va pendant que je remets mes bas, mes souliers et mon imperméable. Samuel me regarde faire avec un sourire.

— J'ai beaucoup aimé mon après-midi, Isabelle.

— Moi aussi. Je ne croyais pas que je m'amuserais autant.

Nous marchons jusque chez moi dans la bonne humeur, oubliant la pluie et la grisaille. Après un pareil après-midi, je sens que je ne serai plus jamais mal à l'aise avec Samuel.

En me voyant arriver trempée comme une soupe, Marianne s'exclame que je suis folle et qu'elle n'aurait jamais dû me laisser y aller. Comme si elle avait le pouvoir de m'interdire quoi que ce soit ! Je hausse les épaules. Je crois qu'elle est un peu jalouse parce que Samuel a le sourire fendu jusqu'aux oreilles et que c'est évident que nous n'avons pas souffert une seconde du mauvais temps... ni de son absence. Elle tourne les talons et prend la direction de sa chambre avec un air boudeur. Avant de lui emboîter le pas, toujours aussi souriant, Samuel m'adresse un clin d'œil complice.

Et je me rends compte, avec un sentiment qui ressemble à de la culpabilité, que je ne suis pas insensible au charme de Samuel Lachance.

# Chapitre 7

Après deux jours à éviter le plus possible le chum de ma sœur, j'ai presque réussi à oublier ce que j'ai ressenti à la fin de la séance de photos. Presque. Je n'en ai parlé à personne, surtout pas à Marianne. Elle se serait moquée de moi ! Depuis un certain temps, elle n'arrête pas de me remettre sur le nez que je n'ai pas d'amoureux. D'après elle, ce n'est pas normal, à mon âge, de se sentir bien célibataire. Je ne sais pas où elle va pêcher ses théories. Elle se croit peut-être très psychologue, mais je lui ai fait remarquer que si je regardais autour de moi, à l'école, je pouvais trouver des dizaines de filles dans la même situation. Elle a haussé les épaules.

— Toi, Isa, ce n'est pas pareil.

— Et pourquoi donc, madame la psychanalyste?

— Parce que pour une rêveuse et une romantique comme toi il manque nécessairement quelque chose quand on n'est pas en amour...

Soudain furieuse, j'ai mis à la porte de ma chambre une Marianne surprise par mon brusque changement d'humeur. Non mais, ça devient une épidémie! Tout le monde a l'air de croire, tout à coup, que je suis une rêveuse et une romantique! Et quoi encore?

Ce soir, Marianne est revenue placoter dans ma chambre. Elle vient me voir presque tous les jours. Même si elle a le don de m'énerver, je la laisse faire, sans trop savoir pourquoi. Peut-être qu'inconsciemment je garde espoir d'être un jour plus proche de ma sœur...

Aujourd'hui, notre conversation (ou plutôt son monologue, puisqu'elle parle presque toute seule) tourne autour du bal des finissants. Je n'aurais jamais cru que ma sœur s'exciterait autant pour cette soirée, elle qui a toujours fait preuve d'une indifférence totale pour ce genre d'événement. Si on oublie ses cheveux bleus, elle ressemble maintenant à n'importe quelle fille de son âge… Je n'arrive pas à décider si j'aime ou non le changement.

Après un certain temps, fatiguée de l'entendre parler de son bal, je l'interromps :

— Et la danse, tu y vas ?

— Bien sûr.

Depuis qu'elle sort avec Samuel, on dirait que Marianne se sent redevable au comité des danses de l'école. Après tout, leur histoire a commencé pendant l'une de ces soirées… Alors, chaque fois, elle arrive la première et sort la dernière, ou presque. La prochaine soirée, qui aura lieu dans deux jours, ne fera pas exception, d'après ce que je peux voir.

— Toi, tu y vas ?

C'est presque une affirmation. Marianne ne peut pas concevoir que quelqu'un manque une danse, elle qui y a découvert le grand amour.

— Ça devrait.

— Comment ça, ça devrait ? Dis-moi, Isa, ton dernier *slow* date de quand ?

Je sens le rouge me monter aux joues.

— Oh ! Marie, tu ne vas pas recommencer ! J'en ai ma claque de ton obsession pour ma vie amoureuse !

— Ou plutôt l'absence de ta vie amoureuse... De toute façon, je te posais une simple question, ne monte pas sur tes grands chevaux!

— Si je te réponds que ça fait longtemps, tu vas encore me dire qu'il serait temps que j'oublie Antoine et que je me trouve un autre chum!

J'ai beau lui répéter sur tous les tons que j'ai relégué Antoine aux oubliettes depuis longtemps, elle me rabat toujours les oreilles avec la même histoire. Avant qu'elle se lance dans une grande discussion, j'ajoute:

— De toute façon, je ne le sais pas moi-même. Je ne garde pas un compte précis de tous les *slows* que je danse!

Ce ne serait pas difficile, pourtant. Je n'ai été invitée que trois fois depuis ma rupture avec Antoine, deux fois par lui et une par Marc-André. Mais elle n'a pas besoin de le savoir.

Elle me fixe avec l'air de quelqu'un qui prépare un mauvais coup.

— Bon, ça va faire, là, Marie. Va jouer à la psychologue ailleurs.

— Je n'ai rien dit!

— Tu n'as pas besoin d'ouvrir la bouche. Maintenant, va-t'en, j'ai des devoirs.

Ce n'est pas vrai, mais je n'en suis pas à un mensonge près avec elle.

Elle sort en me saluant, pas du tout insultée. Je la jette dehors tellement souvent, ces derniers temps, qu'elle ne s'en formalise plus... Nos discussions ont une fâcheuse tendance à se terminer de cette façon !

▲ ▲ ▲

Cette soirée de danse ne m'amuse pas plus que la dernière, que j'ai passée à observer Marianne et Samuel. Aujourd'hui, un autre couple attire mon attention : Antoine et Noémie. Ils ne se lâchent pas d'une semelle et ça m'écœure. Je me rends compte que je ne détestais pas l'idée qu'Antoine ait du mal à se détacher de moi. Au moins, je sentais que je comptais pour quelqu'un... Maintenant, j'ai l'impression de n'être plus rien pour personne.

Valérie regarde le nouveau couple, elle aussi.

— Antoine a l'air de bien se débrouiller sans toi, Isa.

— Oui, merci, j'avais remarqué.

Quand j'entends Valérie me faire de pareils commentaires, je m'ennuie encore plus de Josie.

— En tout cas, s'il voulait te rendre jalouse, il ne pourrait pas trouver meilleur moyen, hein?

Je lui lance un regard qui devrait la foudroyer sur place, mais elle se contente d'en rire.

— Avoue-le donc, que tu es un peu jalouse... De toute façon, ça ne changerait rien. Antoine aime vraiment Noémie, je ne l'ai jamais vu aussi démonstratif...

— Je sais, je sais.

Même avec moi, il ne se montrait pas aussi affectueux. J'ai beau me répéter que je n'aimerais pas avoir un garçon à mes pieds tout le temps, si j'étais honnête, je m'avouerais que je prendrais volontiers la place de Noémie. Et j'ai une furieuse envie de téléphoner à Josie pour lui demander ce qu'elle pense de ça.

Voyant que je ne suis pas d'humeur à plaisanter, Valérie me laisse tranquille. De toute façon, le deuxième *slow* de la soirée vient de commencer et elle part au bras d'un gars de cinquième secondaire. Avec un peu de chance, elle finira par se faire inviter au bal... La moitié des filles présentes ce soir font des pieds et des mains pour se faire remarquer des finissants célibataires. Moi, j'ai passé le premier *slow* assise sur ma chaise à regarder les autres danser et je ne vois pas pourquoi les choses changeraient au deuxième.

— Ça te tente?

Abasourdie, je dévisage Samuel, qui vient de se matérialiser devant moi et me tend la main.

— Heu... Et Marianne, où elle est?

— Partie vérifier son maquillage, je ne sais pas trop.

Parlons-en, de son maquillage... Elle s'est arrangée pour avoir l'air cadavérique ce soir, comme si elle se rendait à un party d'Halloween. Elle me fait peur chaque fois que je l'aperçois. Pourtant, tout le monde a l'air de la trouver normale. Il faut dire qu'avec le temps on s'habitue à ses extravagances.

— Tu viens?

— Hmm? Ah, danser... Non, je ne crois pas que ce soit une bonne idée.

J'imagine les commentaires de Valérie, qui trouve mon indifférence à l'égard du beau Samuel anormale... Et ceux de Marianne, qui essaierait de me faire dire qu'en plus d'être séduisant son cher amoureux danse bien... Juste à y penser, j'en ai la tête qui tourne!

— Franchement, Isa ! Tu peux bien danser avec ton beau-frère ! Fais-moi donc plaisir…

Je trouve qu'il insiste beaucoup. Comme je n'ai ni l'énergie ni l'envie de discuter, je finis par me lever et le suivre. Et puis, ça m'empêchera de penser à Antoine pendant quelques minutes.

Au milieu des couples enlacés, je danse le *slow* le plus platonique de ma vie. Samuel garde une distance plus que respectueuse entre nous deux. Pourquoi a-t-il autant insisté si c'était pour me tenir à bout de bras comme si j'avais une maladie contagieuse ? Je sais, il n'est plus libre et nous ne devons pas encourager les rumeurs, mais il ne fallait pas qu'il m'invite s'il n'en avait pas envie… Je sens que ma mauvaise humeur va bientôt refaire surface.

— J'ai beaucoup aimé mon après-midi l'autre jour, Isa.

— Hmm.

— Je devrais recevoir les photos bientôt. Je suis sûr qu'elles seront super, surtout celles de toi. Tu dégageais tellement d'énergie, et ça paraissait tellement naturel pour toi… Je suis sûr que tu as un don.

— Tu m'as invitée à danser pour me parler de photos ?

Mon ton agressif le surprend.

— Pardon ?

— Je te demande pourquoi tu voulais danser avec moi. Tu fais attention de me garder loin de toi, comme si tu avais honte d'être vu en ma compagnie, et tu as l'air de chercher quelque chose à me dire, comme si tu voulais faire passer le temps plus vite.

— Voyons, Isa...

— Et arrête de m'appeler Isa, ça m'énerve.

— Qu'est-ce qui te prend ? Quand le *slow* a commencé, Marianne est partie pour la salle de bains, je me suis retrouvé tout seul et tu étais seule toi aussi. J'ai pensé que tu aurais envie de danser...

— ... et que personne d'autre ne m'inviterait, alors tu as décidé de te sacrifier ? C'est ta B.A. de la journée ? Merci, mais je ne veux pas de ta pitié.

Bouillonnant de colère, je m'apprête à le planter là, mais il ne se laisse pas faire.

— Isabelle !

Cette fois, c'est lui qui se fâche. Son ton de voix le montre clairement. Ses bras me serrent comme un étau et je ne peux plus bouger. C'est à peine si j'ose respirer... Je me retrouve collée contre lui, prisonnière de ses bras et de sa colère.

— Veux-tu bien arrêter ça ? S'il y a une chose qui m'énerve, c'est d'entendre les gens se plaindre pour rien ! Vous autres, les filles, vous avez le don de vous créer des complexes et de vous inventer des défauts ! Tu penses que tu fais pitié, que personne ne te trouve de son goût et que tu es condamnée à rester seule ? Moi, je crois que tu essaies plutôt de tenir les gars à distance ! Avec une attitude comme celle-là, pas un ne va vouloir t'approcher, c'est sûr !

Ses yeux lancent des éclairs. Il pourrait presque m'effrayer, mais, bizarrement, je me sens en sécurité. Je n'arrive pas à détacher mes yeux de son visage. Si près de lui, je sens sa chaleur, son énergie, qui passent de son corps au mien. Mon cœur se détraque, j'ai du mal à respirer, et je sais que ce n'est pas à cause de la force de ses bras qui m'enserrent.

Mon Dieu ! je suis en train de tomber amoureuse de Samuel Lachance.

Valérie me dirait que ça devait arriver un jour ou l'autre, que toutes les filles de l'école passent par là. Mais il sort avec ma sœur ! Je préférais quand il me tapait sur les nerfs…

À propos de Marianne, la voilà qui apparaît à l'autre bout de la salle. Qu'est-ce qui m'a pris d'accepter l'invitation de Samuel ? Je m'attendais à quoi au juste ? D'une voix tremblante mais quand même autoritaire, je demande :

— Lâche-moi.

Samuel n'insiste pas. Je tourne les talons et pars comme une flèche vers la porte. Je ne voudrais surtout pas le voir accueillir ma sœur avec son sourire incendiaire. Juste à y penser, je sens les larmes me monter aux yeux.

Marc-André m'agrippe par le bras au moment où je passe à côté de lui.

— Isa…

— Excuse-moi, je n'ai pas envie de parler.

Je me dégage et me dépêche de sortir, priant le ciel de pouvoir retenir mes larmes jusqu'à ma chambre.

Le lendemain matin, une cinquième lettre m'attend dans mon casier. Le cœur battant, je la dévore sans respirer.

*Belle Isabelle, pourquoi te sauves-tu toujours? Tant de gens seraient prêts à t'aimer si tu leur en laissais la chance!*

C'est tout. Deux petites lignes, deux phrases minuscules, mais qui en disent tellement... Je les lis et les relis jusqu'à ce que les mots dansent devant mes yeux.

Je sais enfin qui est mon admirateur secret. Et je n'arrive pas à décider si ça me fait plaisir ou non.

# Chapitre 8

Depuis la danse, je passe mes journées dans une espèce d'état second, alternant entre l'euphorie complète et le désespoir le plus total. Je n'ai plus aucun doute sur l'auteur des lettres : ça ne peut être que Samuel.

Je n'ose en parler à personne. N'importe qui me dirait qu'il suffit de le voir avec Marianne pour comprendre que je suis dans les patates jusqu'aux yeux. Il se montre si affectueux avec elle, lui qui bouscule tout le monde en temps ordinaire… Je suis sûre qu'il ne s'agit que d'une façade. Je gagerais qu'il veut la laisser mais ne sait pas comment s'y prendre, alors il fait semblant pour ne pas la peiner. Il ne serait pas le premier à agir de la sorte, non ?

Mon dernier examen de maths a été un désastre. Je suis bien trop ailleurs pour me concentrer sur les chiffres. Mes parents ont fait toute une histoire de cet échec scolaire (mon premier, je dois le dire) ; moi, je m'en fous. J'ai des problèmes beaucoup plus importants que celui-là. Comme je ne suis pas encore tout à fait déconnectée de la réalité, j'ai quand même décidé de m'atteler à la tâche et de rattraper le temps perdu. Mon livre de maths ouvert sur la table de la cuisine, seule dans la maison silencieuse, j'essaie de me concentrer sur un exercice particulièrement compliqué quand la sonnette de la porte d'entrée me fait sursauter.

Je me lève à contrecœur, me traîne jusqu'à la porte et l'ouvre... pour me retrouver face à Samuel.

J'en perds la voix... et le contrôle sur à peu près tout mon corps : mon cœur joue du tambour, j'arrive à peine à respirer, mes mains tremblent et mes jambes me soutiennent à peine.

— Salut, Isabelle.

Sa voix résonne dans mon cerveau. Est-ce mon imagination ou prononce-t-il vraiment mon nom d'une façon spéciale ? On dirait qu'il y met une certaine tendresse... Je m'entends répondre :

— Tu sais, l'autre soir, quand je t'ai dit de ne pas m'appeler Isa, je ne le pensais pas vraiment...

J'ai l'impression de dire n'importe quoi et je me sens très... nouille. Samuel hausse les épaules avec un sourire en coin et demande :

— Je peux entrer ?

Je le laisse passer en essayant de paraître naturelle. Plus j'essaie et plus je me sens gauche. Il va s'en apercevoir, c'est sûr...

— Marianne est là ?

— Non, elle avait une réunion pour l'album des finissants.

Est-ce qu'il a perçu la déception dans ma voix ? J'aurais préféré qu'il ne me parle pas d'elle.

— Ah ! c'est vrai, j'avais oublié. Bon, tant pis. J'ai apporté les photos, je viens de les recevoir. Je vous les donne ; moi, je garde les doubles. Tu les partageras avec elle.

Et lui, est-ce que je peux le partager aussi ? Je m'en veux d'avoir de pareilles idées, je m'en veux tellement ! Pourquoi est-il toujours si beau aussi et si plein de charme ? Il ne pourrait pas se montrer sous un mauvais jour des fois ? J'ai entendu plusieurs histoires sur son compte, racontant à quel point il peut être désagréable parfois, mais je n'ai jamais été témoin de cet aspect de sa personnalité. J'essaie de me rappeler qu'il n'y a pas si longtemps cette réputation de rebelle me repoussait plus qu'elle ne m'attirait... Rien à faire. Tout à coup, ces détails me semblent insignifiants.

Je prends l'enveloppe qu'il me tend et me dépêche de cacher mes mains derrière mon dos pour qu'il ne les voie pas trembler.

Intrigué, il me demande :

— Tu ne les regardes pas ?

Je bafouille :

— Non, je n'ai pas le temps. J'ai beaucoup de devoirs ce soir.

— Oh ! je comprends. Je ne te dérangerai pas plus longtemps, alors. Tu m'en donneras des nouvelles. J'aimerais savoir comment tu les trouves.

Il part en m'adressant un autre de ses merveilleux sourires. Je commence enfin à respirer normalement. J'ai fait une folle de moi. Mon excuse sonnait creux et Samuel a semblé n'y croire qu'à moitié ; même avec une tonne de devoirs, j'aurais pu me permettre une pause de deux minutes... Il va peut-être croire que ça ne m'intéresse pas...

Avec un soupir, j'abandonne les maths et descends à ma chambre pour examiner mes photos en paix.

Le même soir, je m'installe sur le lit de Marianne et la regarde fixer les clichés un à un en silence. J'aurais voulu les conserver pour moi toute seule, mais j'imagine mal comment j'aurais pu expliquer à Samuel pourquoi je ne les avais pas montrés à la principale intéressée... laquelle ne semble pas se passionner pour le sujet, il faut dire. Je ne me sens donc pas coupable de lui cacher une des photos que j'ai prises de Samuel. Elle est tellement belle... J'ai laissé à Marianne celle où il sourit de toutes ses dents, égal à lui-même, et j'ai gardé celle que j'ai prise la première, où il a l'air un peu surpris et même mal à l'aise. Il semble fragile, vulnérable, et je le préfère comme ça. Les gars pleins d'assurance, c'est bien beau mais, à la longue, ils paraissent moins humains...

Marianne finit par lâcher d'un air blasé :

— Elles sont bonnes.

— Bonnes? Voyons, Marianne, elles sont plus que bonnes! Samuel a un talent extraordinaire!

Sceptique, elle demande:

— Depuis quand es-tu experte en photo, toi?

— J'en connais quand même plus que toi là-dessus! Samuel a beaucoup de potentiel!

Elle hausse les épaules avec indifférence. Je continue, mine de rien:

— D'ailleurs, ça doit lui faire quelque chose de voir que tu ne t'intéresses pas à une activité qui lui tient à cœur…

Je donnerais n'importe quoi pour l'entendre dire qu'en effet ils se disputent à ce propos. Évidemment, la réalité est tout autre. D'après ce que Marianne me raconte, c'est toujours le grand amour entre elle et Samuel. Elle m'explique, avec l'air d'une spécialiste en la matière:

— Tu sais, quand on s'aime, on réussit à passer par-dessus des détails comme celui-là. Et puis, c'est normal d'avoir des opinions et des goûts différents.

J'insiste:

— La photo, c'est plus qu'un détail! Il y accorde tellement d'importance! Tu ne crois pas qu'avec le temps ça pourrait amener des conflits si tu ne t'intéresses pas à ce qu'il aime?

Ma sœur s'impatiente:

— Oh! arrête de jouer à la psy, Isabelle! En matière de relations de couple, tu n'es pas très bien placée pour me dire quoi faire!

Pas sûr. Il me semble qu'elle pourrait parfois m'écouter un peu et accepter quelques conseils avant de voir sa relation avec Samuel s'effriter... Je décide de laisser tomber le sujet.

— Bon, d'accord, admettons que tu aies raison.

En y repensant, je me demande si la belle assurance de Marianne dépasse les apparences. Sa réaction plutôt vive lorsque j'ai parlé de conflits me laisse croire que j'ai touché une corde sensible.

Peut-être que sa relation avec Samuel n'est pas aussi idyllique qu'elle veut le laisser croire?

▲ ▲ ▲

Quelques jours plus tard, en ouvrant mon casier à l'école, je découvre une sixième lettre. Mon cœur bat tellement fort que j'ai du mal à me concentrer sur ma lecture.

*Belle Isabelle, voici un petit mot pour que tu ne m'oublies pas. Commences-tu à avoir des soupçons sur mon identité ? Regarde autour de toi, je ne suis pas difficile à trouver...*

M'écrire pour que je ne l'oublie pas ! Comme si je pouvais passer cinq minutes d'une journée sans penser à lui ! J'espère qu'il va se déclarer en personne bientôt... et que je tiendrai le coup jusque-là !

# Chapitre 9

Marianne a fini par m'agacer sérieusement avec ses histoires de bal des
finissants. Elle en parle à longueur de
journée. Chaque fois qu'elle ouvre la
bouche, j'ai peur que ce soit à ce sujet.
Et même si je répète à Valérie que j'ai
hâte que le fameux bal soit passé pour
ne plus en entendre parler, ce qui me
dérange le plus, c'est de savoir que ma
sœur s'y rendra avec Samuel.

Je ne pensais pas que la jalousie
pourrait un jour m'atteindre autant. Je
ferais n'importe quoi pour que Samuel
quitte Marianne pour moi. D'accord, je
me sentirais un peu coupable, même
beaucoup, et j'aurais l'impression d'être
responsable du malheur de ma sœur,
mais ça ne m'empêcherait pas de

dormir. De toute façon, le sommeil me fuit depuis quelque temps : dès que je pose la tête sur mon oreiller, les images de Samuel et moi que j'ai repoussées toute la journée reviennent en force et ne me laissent pas une seconde de répit. Il faut dire que je n'essaie pas trop de m'en débarrasser : elles sont plutôt agréables...

Je n'ai jamais compris pourquoi, à mon école, le bal des finissants a lieu avant les examens de fin d'année. Maintenant, j'en remercie le ciel. Je compte les jours avant le bal. Je suis certaine que Marianne le fait aussi... pour des raisons bien différentes. Encore une semaine puis j'aurai la paix.

▲ ▲ ▲

Le soir du bal, vers vingt-trois heures, mes parents vont mettre notre voilier à l'eau. Mon père ne parle que de ça. Le *Neptune*, c'est son jouet, son bébé, sa passion. Entre lui et Marianne obsédée par son bal, la vie à la maison devient de plus en plus intenable. Avant, je me réfugiais dans ma chambre mais, depuis que ma sœur a pris l'habitude d'y faire irruption pour un oui ou pour un non, je ne me sens jamais en paix. Je suis donc devenue, presque par obligation, une adepte des promenades nocturnes sur la plage.

Je ne m'en plains pas. Les soirées sont douces et une marche d'une heure ne peut pas me causer de tort. Donc, depuis trois jours, je me précipite sur mes souliers aussitôt le souper avalé et la vaisselle faite et je m'échappe de la maison avec un soupir de soulagement.

Ce soir, l'air plus frais me force à accélérer le pas pour me réchauffer. Je regarde la vapeur formée par ma respiration en essayant de concentrer mon attention sur le bruit des vagues plutôt que sur Samuel Lachance. Peine perdue. Habituellement, le chant de la mer me calme, mais ce soir il ne suffira pas. Samuel occupe chaque coin et recoin de ma conscience, et même de mon subconscient. Plus j'essaie de le chasser de mes pensées, plus son image s'accroche… J'en pleurerais.

J'ai conscience de marcher de plus en plus vite, de chercher à échapper à mes idées. Elles finissent par me rattraper et imprègnent mon esprit de façon de plus en plus insistante. C'est donc avec soulagement que j'aperçois

Marc-André avancer vers moi. Je l'aurais reconnu à des kilomètres : il n'y a que lui et moi pour marcher sur la plage à ce temps-ci de l'année ! Quand il me croisera, je m'arrangerai pour le retenir quelques minutes, il me changera les idées. Moi qui n'ai absolument pas le sens de la conversation, je vais devenir une experte en la matière !

— Salut, Marc-André !

— Oh, salut, Isabelle.

Il a l'air plus ou moins intéressé à me parler, mais je m'accroche.

— Comment ça va ?

— Bien. Toi ?

— Très bien. Il fait beau, hein ?

— Oui, oui…

— En plus, d'ici quelques semaines, ça devrait se réchauffer, l'été s'en vient…

Je me sens parfaitement ennuyante, à parler ainsi de la pluie et du beau temps. Marc-André me fixe d'un drôle d'air et répond par monosyllabes. Sa première phrase complète me prend par surprise :

— Tu es sûre que ça va, Isabelle ?

J'hésite, étonnée, puis demande à mon tour :

— Oui, ça va. Pourquoi ?

— Je te trouve bizarre ce soir. Depuis deux semaines, tu ne parles plus à personne et, tout à coup, il n'y a plus moyen de t'arrêter.

J'ouvre la bouche, cherchant quelque chose à répondre. Je me sens piégée. Mon problème est si évident ? Après quelques secondes qui me paraissent une éternité, je réussis à dire :

— J'avais autre chose en tête. J'avoue que je n'étais pas très correcte, je m'excuse.

Je recommence à marcher et il m'emboîte le pas. Autant je souhaitais sa présence il y a cinq minutes, autant je voudrais maintenant qu'il disparaisse. Il me rappelle trop mon comportement des derniers jours. Si lui s'est aperçu de mon état, les autres ont dû le remarquer aussi… Suis-je en train de faire une folle de moi ?

Je me force à trouver un sujet de conversation. Les bateaux, bien sûr ! Marc-André a une telle passion pour tout ce qui touche la navigation qu'il va sûrement discourir sur le sujet pendant un bout de temps…

— Tes parents vont aider les miens pour mettre le *Neptune* à l'eau dans deux jours. Vas-tu venir ?

Habituellement, ça marche. Pas cette fois-ci.

— Oui. Écoute, Isabelle, si tu as un problème, tu peux m'en parler... Je te jure que je ne le répéterai pas.

La langue me démange. Je voudrais partager mon secret, m'en libérer, et je crois Marc-André quand il dit qu'il le garderait pour lui. Mais quelque chose me retient. J'ai trop honte. Tomber amoureuse du chum de ma sœur... On a vu pire, d'accord, mais on a vu mieux aussi ! Non, décidément, je ne peux pas me confier à Marc-André.

— Peut-être une autre fois. Merci quand même.

Nous continuons notre chemin dans un silence presque complet et je suis reconnaissante à Marc-André de ne pas chercher à forcer mes confidences.

▲ ▲ ▲

Je crois que tout le monde, à la maison, a poussé un soupir de soulagement en ouvrant les yeux ce matin : Marianne parce que la journée du bal a fini par arriver, mon père parce qu'il va pouvoir mettre son bateau à l'eau, et ma mère et moi parce que l'une et l'autre vont enfin nous laisser tranquilles avec leur obsession respective. Si la journée peut se terminer!

Marianne ne tient pas en place. Elle a couru toute la journée : coiffeuse, esthéticienne, c'est pire qu'un mariage! J'en ai la tête qui tourne. Même maintenant, alors qu'elle doit partir dans dix minutes, elle n'est pas prête. Enfermée dans sa chambre, elle semble vouloir y rester pour un bout de temps encore.

J'essaie de me concentrer sur la lecture d'un roman, sans grand succès. Moi qui n'ai jamais ressenti la moindre envie d'assister au bal des finissants, je donnerais cher, ce soir, pour changer de place avec Marianne. Samuel doit arriver d'une minute à l'autre. Je me demande de quoi il aura l'air... Justement, on sonne à la porte. Ça ne peut être que lui.

En effet. Je lui ouvre et mon cœur fait trois tours quand il apparaît devant moi. Déjà beau en temps ordinaire, là, il dépasserait les rêves les plus fous de la fille la plus difficile. Avec son habit noir, il a l'air très... viril. Les jambes molles, la voix presque éteinte, je murmure :

— Salut, Samuel... Entre...

Il n'a pas dû comprendre un seul mot de mon bafouillage. Moi-même, je n'entends rien de ce qu'il raconte tellement mon cœur bat fort. Je serre les poings derrière mon dos, assez pour me faire mal et me ramener à la réalité. Ça marche. D'une voix à peu près normale, je réussis à lui demander :

— Excuse-moi, qu'est-ce que tu disais ?

— Je te demandais si tu venais, toi, au bal.

Il ne m'a pas regardée comme il faut ou quoi ? Avec mon vieux jean troué aux genoux et mon sempiternel chandail de coton ouaté gris, je n'aurais pas ma place dans une pareille soirée…

— Non, mais je vais aller jeter un coup d'œil plus tard. Marianne m'a demandé d'aller la chercher quand on mettrait le bateau à l'eau.

— Oui, c'est vrai… Je suis content qu'elle se soit enfin décidée. Elle n'a pas été facile à convaincre !

Ah, bon, tout s'éclaire ! Je me demandais, aussi, pourquoi Marianne semblait aussi déterminée à quitter son bal pour un événement qui ne lui dit rien d'habitude… Elle n'a jamais beaucoup aimé les bateaux, en tout cas pas comme moi, et cet intérêt soudain me paraissait suspect. J'avais raison de me méfier : Samuel se cachait derrière tout ça.

— Toi aussi, tu aimes les bateaux, Sam ?

— Depuis que je suis tout petit. Je n'arrive pas à décider si je veux devenir photographe ou trouver un métier dans la navigation.

Je me racle la gorge et, le cœur battant à tout rompre, je remarque :

— On a beaucoup de choses en commun, toi et moi.

— Oui, c'est vrai.

Est-ce mon imagination ou son sourire est-il vraiment plus tendre, plus doux que d'ordinaire ? Sa réaction m'encourage et je continue :

— Ça ne te dérange pas que Marianne n'ait pas les mêmes goûts que toi ?

Il hésite. Je voudrais tellement qu'il se déclare, qu'il avoue être l'auteur des lettres et qu'on arrête de faire semblant... Je sais que ce ne serait pas très correct de jouer un pareil tour à ma sœur le soir de son bal, mais elle s'en remettrait... Moi, s'il ne se passe pas quelque chose bientôt, je vais exploser, ou m'évanouir, ou mourir d'une crise cardiaque. Samuel me regarde dans les yeux :

— Oui, des fois, ça me dérange, mais...

Un bruit de pas l'interrompt. Il fixe un point derrière moi et son visage change d'expression. Avec ses grands yeux et sa bouche ouverte, il est l'incarnation même de la surprise, ou de l'adoration, ou d'un mélange des deux. Je me retourne.

Pendant une fraction de seconde, je me demande qui peut bien être cette fille qui se tient devant moi. Puis, je reconnais Marianne. Elle a enlevé toute trace de teinture de ses cheveux, ce qui la rend méconnaissable. Avec le temps, j'avais oublié à quel point nous nous ressemblons... Pourtant, ce n'est pas sa tête qui m'a frappée en premier, mais sa robe.

Ou, plutôt, MA robe.

Oui, ma robe, le bijou bleu nuit qui semblait avoir été pensé pour moi et auquel je rêve encore de temps en temps. Le jour où je l'ai essayée, cette robe, j'ai cru que nous étions destinées l'une à l'autre et qu'un jour elle finirait par m'appartenir. Mais voilà que

Marianne la porte, et encore mieux que moi ! Avec ses grands chandails et ses jeans trop amples, je n'avais jamais pensé qu'elle pouvait avoir des courbes, et pas mal plus que moi. Elle paraît tellement féminine... Je me sens si misérable que j'en oublie presque de respirer.

Elle n'ose pas me regarder et semble un peu mal à l'aise, malgré son allure de princesse. Il y a de quoi ! Je comprends maintenant pourquoi elle gardait le secret sur sa toilette... Comment a-t-elle pu me faire ça, après m'avoir vue dans la boutique ? Je ne lui pardonnerai jamais !

Je murmure un vague « Bonne soirée » à Samuel puis me sauve vers ma chambre, où je me jette sur mon lit en espérant qu'ils ne m'entendront pas pleurer.

Quelques heures plus tard, j'entre dans la salle où le bal bat son plein. Malgré l'eau froide que j'ai passée sur mon visage une dizaine de fois, j'ai encore les yeux rouges. Tout le monde va sûrement le remarquer. J'ai l'impression d'avoir été cassée en mille morceaux puis recollée. Je me sens terriblement fragile. Au moindre choc, je vais éclater en sanglots.

Je cherche Marianne mais ne la vois pas. Pourtant, j'aurais cru qu'elle rayonnerait, qu'elle éclipserait toutes les autres filles... Soudain, Samuel se matérialise à côté de moi.

— Vous êtes prêts pour le bateau ? Marianne est à la salle de bains, elle devrait en sortir d'une minute à l'autre. Ah ! justement, la voilà. Attends-moi, je vais la chercher.

Je ne m'étais pas trompée. Ma sœur surpasse, et de loin, toutes les beautés présentes ce soir. Elle a quelque chose qui attire le regard, une grâce, une prestance que je ne lui connaissais pas. La robe ne nuit pas, évidemment.

— Isa !

Marc-André, tout sourire et vêtu d'un costume de soirée, me fait un signe de la main et s'approche de moi. Je me force à sourire.

— Tu es d'un chic fou !

— J'accompagne une amie. Toi, qu'est-ce qui t'amène ?

— Je suis venue chercher Marianne et Samuel, pour le bateau.

Il jette un coup d'œil à sa montre et s'exclame, surpris :

— Déjà ? Le temps a passé vite… Une chance que je t'ai vue ! Je peux partir avec vous autres ?

Je hoche la tête, une grosse boule dans la gorge. Avoir l'air enthousiaste et joyeuse est au-dessus de mes forces. Je n'arrête pas de fixer Marianne, qui, à l'autre bout de la salle, est en grande discussion avec Samuel. Je dois être masochiste pour continuer à les regarder, si beaux, si bien assortis tous les deux… À ma grande consternation, je sens mes yeux se remplir d'eau. Comment vais-je faire pour ne plus pleurer ? Je serre les dents et les poings, ferme les paupières très fort quelques secondes, en vain. En les rouvrant, j'aperçois Marc-André qui me fixe d'un air inquiet.

— Qu'est-ce que tu as, Isabelle ? Ça ne va pas ?

Pour la deuxième fois en une semaine, j'ai envie de me confier à lui, de partager mon secret et ma peine. La boule dans ma gorge m'empêche de parler, alors je pointe le menton en direction de ma sœur. Je réussis à murmurer :

— Sa robe…

Marc-André la regarde un instant puis ses yeux reviennent vers moi.

— Elle t'allait mieux à toi…

Je réussis à ébaucher un sourire. Je ne le crois pas, mais il est gentil. J'ouvre la bouche, prête à lui avouer mes sentiments pour Samuel, quand celui-ci nous rejoint, l'air morose.

— Marianne ne veut rien savoir. Elle dit qu'elle s'amuse trop ici pour aller geler et s'ennuyer à la marina. Allez-y sans nous.

Je ne l'avais jamais vu de mauvaise humeur. Ça ne lui enlève rien de son charme. Il est beau d'une autre façon… J'aurais envie de lui dire de venir quand même, avec moi, mais je ne le ferai pas. D'abord parce qu'il refuserait et ensuite parce que je n'ai pas encore retrouvé ma voix.

Je pars donc seule avec Marc-André. Je donnerais tout ce que j'ai pour que Samuel le remplace auprès de moi…

# Chapitre 10

*Belle Isabelle, la vie réserve parfois de mauvaises surprises, mais tout finit toujours par s'arranger… Ne sois pas triste et garde espoir !*

Garder espoir ! Facile à dire ! Si ça continue, je vais plutôt perdre patience… On n'a pas idée de jouer avec les nerfs de quelqu'un comme ça ! Quand j'ai vu la feuille de papier pliée en quatre dans mon casier, mon cœur a fait trois pirouettes. Je m'attendais à une confession et, maintenant que j'ai lu le message, je n'arrive pas à ramener mon rythme cardiaque à la normale. Autant j'aime Samuel, autant il m'arrive de le détester…

Hier, dimanche, j'ai passé une journée à la fois merveilleuse et épouvantable. Samuel est venu en bateau avec mes parents, Marianne et moi et a passé presque toute la journée avec nous. Le voir si près tout ce temps sans pouvoir le toucher ou lui parler en tête-à-tête a été un vrai supplice. En plus, Marianne ne le lâchait pas d'une semelle. Elle s'en vient pas mal dépendante, ma sœur. En la voyant agir, je me suis juré de ne jamais devenir comme elle.

Pourtant, ce matin, j'abandonnerais toute fierté si ça pouvait me garantir des aveux de Samuel.

Il a été assez surpris par mes connaissances, hier. Je n'ai jamais été aussi contente de connaître les manœuvres pour hisser les voiles. Marianne boudait un peu, elle qui ne sait même pas distinguer babord de tribord. Par contre, Samuel, lui, ne m'a pas tellement impressionnée. Il parcourait le bateau d'un bout à l'autre sans gilet de sauvetage et sans faire attention. Je le lui ai fait remarquer deux ou trois fois et il a fini par me traiter de peureuse. Mon père n'appréciait pas son comportement, lui non plus. Je ne crois pas que Samuel soit réinvité de sitôt sur le *Neptune*... Mes parents ont à peu près la même

opinion de Samuel que celle que j'avais
au début, c'est-à-dire pas très bonne.
Son air bravache sur le bateau ne l'a
nullement changée, cette opinion... Et
en plus, son dossier disciplinaire à
l'école est tellement mauvais qu'à la
moindre gaffe il risque d'être mis à la
porte. À force de rejeter toute forme
d'autorité, il s'est fait une réputation peu
enviable auprès des adultes, ce qui
inquiète assez mes parents...

Je commence donc ma semaine la
tête pleine de lui et toujours dans la
brume pour les lettres. Ça devient épui-
sant, cette histoire d'admirateur secret!
Même s'il est moins mystérieux qu'a-
vant...

▲ ▲ ▲

Marianne ne m'a pas parlé de sa robe
de bal et je ne lui ai rien demandé.
Même si une semaine s'est écoulée
depuis, je ne lui ai pas encore pardonné
sa trahison. Je crois que de son côté elle
se sent coupable. Ce soir, elle entre dans
ma chambre presque à reculons.

— Tu es occupée, Isa?

— Oui, je me préparais à sortir. Je
vais courir.

— Je ne te retiendrai pas longtemps. Juste deux minutes.

Je m'assois sur mon lit sans la quitter des yeux. Elle baisse les siens. Je me sens supérieure, toute-puissante. Elle a tort, j'ai raison et elle le sait.

— Pour la robe... je m'excuse, j'aurais dû t'en parler avant.

— Hmm.

— Oh, Isabelle, tu ne vas quand même pas me demander de me traîner à genoux ! C'est déjà assez difficile d'admettre que j'ai mal agi, tu pourrais faire un effort !

Vivre dans la même maison qu'elle en continuant à l'éviter est au-dessus de mes forces. Pour ma propre santé mentale, il vaudrait mieux que je passe l'éponge... ou, du moins, que je fasse semblant.

— Bon, d'accord, on oublie ça.

Son sourire montre à quel point ma réponse la soulage. Notre querelle lui pesait donc autant sur le cœur ? Je ne l'aurais pas cru. Je me sens un peu coupable de lui en vouloir encore, mais c'est plus fort que moi. Je réussis quand même à lui sourire, en espérant que je pourrai vraiment lui pardonner un jour, au lieu de seulement feindre.

▲ ▲ ▲

Mes parents et ceux de Marc-André ont décidé de partir deux semaines en bateau cet été. Depuis qu'ils ont commencé à ébaucher leur projet, ils sont pires que des enfants. Ils ne parlent que de ça. Marianne et moi commençons à en avoir ras le bol, de leur voyage. Même ma mère prend des airs d'ado. Ça m'énerve !

Si j'étais honnête avec moi-même, je m'avouerais que ce qui m'agace le plus, ce n'est pas l'attitude de mes parents, mais plutôt le fait qu'ils vont me priver de voilier pendant deux semaines. Avec la chance que j'ai, ce seront probablement les deux plus belles de l'été... Marc-André ressent à peu près la même chose que moi, en pire. Je trouve plutôt cruel qu'on le prive de sa drogue pendant aussi longtemps, alors qu'on sait que l'été ici ne dure pas... Il songe déjà à faire des heures supplémentaires comme sauveteur à la piscine, pour occuper ses moments libres. Malgré tout, il réussit à garder son sourire et sa bonne humeur. Je l'admire. Moi, à sa place, je bouderais pendant trois mois.

Nos parents ne sont quand même pas trop monstrueux. La preuve, ils nous ont emmenés passer la fin de semaine avec eux. C'est un peu leur camp d'entraînement avant le grand départ : nous sommes partis ce matin, samedi, et nous reviendrons demain après-midi. Quand ils nous ont proposé de les accompagner, à Marc-André et moi, nous avons sauté sur l'occasion. Marianne m'a traitée de folle. Elle a ajouté qu'il faudrait la payer cher pour qu'elle nous suive. D'accord, passer au-dessus de vingt-quatre heures avec mes parents n'est peut-être pas mon idée de la fin de semaine parfaite, mais Marc-André ne sera jamais loin et le goût de l'aventure a été le plus fort. Et puis, il y a des parents pires que les miens.

Nous avons donc levé l'ancre ce matin vers dix heures, sous un soleil radieux. J'ai passé la journée sur le pont et, quand le soir a fini par tomber, je ne tenais plus debout. Pourtant, à minuit moins le quart, je ne dors pas encore. Après m'être tournée et retournée je ne sais combien de fois dans mon sac de couchage, je me suis levée, j'ai passé un gros chandail de laine, une tuque et des mitaines, et je suis sortie sur le pont. En ce début de juin, les nuits sont très fraîches en pleine mer... Mais le temps qu'il fait est le dernier de mes soucis.

Je pense à Samuel.

C'est à cause de lui que je ne peux pas dormir. Dès que je ferme les yeux, son image apparaît. Son sourire m'obsède, sa voix me hante, je me demande au moins vingt fois par jour comment je pourrai survivre à un été sans lui... à moins qu'il finisse par se décider à m'avouer ses sentiments. Moi, je n'oserai jamais faire le premier pas. J'aurais trop l'impression de trahir ma sœur, d'être la méchante de l'histoire. Et plus le temps passe, plus je désespère... Je n'ai pas reçu d'autre lettre après celle qui a suivi le bal, il y a deux semaines. En plus, je vois bien que Samuel regarde Marianne d'une autre façon depuis qu'elle ne se teint plus les cheveux. Il faut dire qu'elle a aussi changé sa façon de s'habiller et qu'elle a l'air plus... normale. Enfin, façon de parler. Elle ne passe pas inaperçue pour autant : elle est sans conteste l'une des plus belles filles de l'école. Personne ne l'aurait cru quand elle portait ses vêtements informes et se coiffait n'importe comment... Comme rivale, elle est encore plus redoutable que je le croyais. J'ai plus de points en commun avec Samuel mais, on aura beau dire, l'apparence compte énormément pour les gens, lui compris. Il dévore Marianne des yeux et je gagerais qu'il ne me voit même plus.

Voilà pourquoi je me retrouve toute seule dans le noir, avec la lune et les étoiles, à essayer de me consoler et de garder espoir. Je ne réussis pas très bien.

Le silence est soudain brisé par un clapotis derrière moi. Je me retourne et distingue Marc-André qui rame vers moi dans le canot pneumatique de *L'Étoile de mer*. Je lui en veux d'interrompre mes rêveries, aussi déprimantes soient-elles. Quand il arrive à portée de voix, je chuchote :

— Marc-André ! Qu'est-ce que tu fais dehors à une pareille heure ?

— Je pourrais te poser la même question.

— Je n'arrivais pas à dormir.

— Moi non plus. Quand je t'ai vue, j'ai pensé qu'on pourrait aller faire un tour. Ça te tente ?

Je préférerais rester seule et continuer à ruminer mes idées noires, mais je ne me sens pas le cœur de dire non à Marc-André. Et puis, si je ne trouve pas une façon de chasser Samuel de mon esprit, je risque de passer une nuit blanche.

— D'accord, j'y vais.

Quelques secondes plus tard, je me retrouve face à lui dans le canot et nous nous éloignons lentement du *Neptune*. Le bruit des rames me berce et m'apaise. J'en veux moins à Marc-André de m'avoir dérangée dans ma déprime.

— Qu'est-ce qui t'empêchait de dormir, Isa ?

Il parle tout bas, même si personne ne nous entend. Sa voix se fond dans la nuit et m'hypnotise. Dans la noirceur, éclairé par la lune et les étoiles, il ressemble un peu à un fantôme. Le silence nous rapproche, nous enferme dans une bulle. Je me sens en parfaite communion avec la terre, le ciel et la mer… et Marc-André. Je murmure, moi aussi, pour lui répondre :

— Je réfléchissais. Trop, je crois.

— Tu as toujours été trop raisonnable.

— C'est vrai.

Il m'arrive d'oublier que Marc-André me connaît depuis la maternelle. Même si nous n'avons jamais été très proches, il a pu observer mon comportement pendant toutes ces années. Et moi, j'ai pu observer le sien.

— Toi aussi, tu es plutôt raisonnable.

— Il ne faut pas se fier aux apparences.

— Ça aussi, c'est vrai.

Il ouvre la bouche, puis la referme
sans prononcer un son. Je demande :

— Quoi ?

— Rien.

— Tu allais dire quelque chose.

Il arrête de ramer, me dévisage
quelques secondes, puis demande :

— Quand tu réfléchissais, tantôt...
c'était à un gars ?

Il semble bien sûr de lui. Je réponds
presque malgré moi :

— Oui.

J'entends mon cœur battre, résonner
dans ma tête, et je me demande si Marc-
André l'entend aussi. Maintenant que
ses rames ne plongent plus dans l'eau, le
silence prend toute la place. Entre nous,
des centaines de phrases planent, mystérieuses, inconnues, j'aurais du mal à dire
lesquelles. Bizarrement, je sens que
j'aurais une foule de choses à confier à
Marc-André. Peut-être parce qu'il se
montre plus volubile que d'habitude...
Je me trouve face à un Marc-André que
je ne connaissais pas et qui m'intrigue.
J'aurais envie de creuser un peu, de
découvrir qui se cache derrière sa façade

de tous les jours, mais il m'intimide. En plus, je ne saurais pas par où commencer.

Il cesse de me regarder et fixe un point à l'horizon. D'un ton indifférent, comme s'il n'accordait aucune importance à ma réponse, il lance :

— Je peux savoir qui ?

Je redescends brutalement sur terre. L'image de Samuel revient s'imposer à mon esprit, s'infiltrant entre Marc-André et moi.

— Non. Je préférerais ne pas en parler.

La nuit me semble tout à coup plus noire, le silence plus lourd. Je frissonne. Marc-André reprend ses rames.

— Je m'excuse, Isa. Tu as raison, ce n'est pas de mes affaires.

— Ça ne fait rien.

Il me ramène au *Neptune* sans ajouter un mot et m'aide à retourner à bord.

— Merci pour le tour. Ça m'a fait du bien.

— À moi aussi. Bonne nuit, Isabelle.

— Bonne nuit.

Je le regarde s'éloigner vers *L'Étoile de mer* en me disant qu'on connaît souvent les gens moins qu'on le croit.

Qu'est-ce qu'il voulait dire par « Il ne faut pas se fier aux apparences » ?

# Chapitre 11

Nous sommes revenus de notre escapade depuis six jours et je n'ai pas arrêté de penser à ma conversation nocturne avec Marc-André. Une phrase, entre autres, s'est incrustée dans ma tête et ne veut plus en sortir: «Tu as toujours été trop raisonnable.» C'est vrai, je suis trop sage. Je m'en suis toujours voulu pour ça. J'envie Marianne, qui sait ce qu'elle veut et fonce pour l'obtenir. Moi, j'ai plutôt tendance à me laisser influencer par les gens et les événements. Ça me dérange mais, j'ai beau essayer de changer, je n'y arrive pas.

Aujourd'hui, samedi, je décide de prendre ma vie en main. En tout cas, une partie de ma vie. Je n'en peux plus d'attendre un mot ou un geste de

Samuel. Son silence va durer combien de temps encore ? En plus, avec les vacances d'été qui s'en viennent, je pourrai dire adieu aux lettres dans mon casier... D'ailleurs, ces fichues lettres, je ne sais pas si elles vont me manquer ou non : j'espère toujours en trouver une, mais les lire me déçoit de plus en plus. Et puis, elles se font rares... Décidément, il est temps que j'agisse.

Je m'assois donc à mon bureau de travail, le cœur battant et les mains moites. Puisque Samuel semble apprécier la communication par écrit, jouons le jeu.

*Cher Samuel,*

*Je sais que c'est toi qui m'écris des lettres anonymes. Comme tu ne te décideras pas à mettre les choses au clair, je fais le premier pas. Il faut qu'on se parle. Je t'attendrai à la capitainerie de la marina à dix-neuf heures ce soir.*

*Isabelle*

Je trouve ma lettre d'une banalité épouvantable, mais elle a au moins le mérite d'être claire, contrairement à celles de Samuel. Je la plie en quatre et la glisse dans une enveloppe, sur laquelle j'inscris son prénom. Mon cœur ne s'est toujours pas calmé. Je gagerais qu'il va passer la journée à battre deux fois plus vite que d'habitude.

Je sors sans que personne s'en aperçoive et me rends jusqu'à la maison de Samuel sans arrêter de courir, de peur de changer d'idée en chemin. On dirait qu'il n'y a personne chez lui : je ne vois pas d'auto dans le stationnement et les rideaux sont tirés. Tant mieux. Je glisse mon enveloppe dans la boîte aux lettres, en laissant dépasser un coin. Je ne voudrais pas qu'il passe tout près sans la voir ! Puis, je reprends le chemin de chez moi en essayant de ne pas penser à ce que je viens de faire. Je regrette déjà mon geste. Je dois me retenir pour ne pas revenir sur mes pas et aller déchirer ma lettre.

Je suis décidément trop raisonnable.

La nature se déchaîne. Depuis le début de l'après-midi, il pleut à boire debout et le vent augmente d'heure en heure. Ce matin, il faisait déjà gris, mais je n'ai rien remarqué, trop absorbée par mon aventure. Maintenant, je peste contre le mauvais temps. L'après-midi s'éternise et je tourne dans ma chambre comme une lionne en cage. Je me demande comment je vais tenir jusqu'à ce soir... Si au moins je pouvais aller marcher... Mais avec une pluie pareille, personne n'oserait mettre un orteil dehors.

Incapable de rester enfermée dans ma chambre une seconde de plus, je sors et me retrouve nez à nez avec Marianne.

— Tu n'es pas avec Samuel, toi ?

— On dirait bien que non.

Elle n'a pas l'air de bonne humeur. Elle continue :

— Il est parti en bateau avec son père ce matin. Tu parles d'un temps pour aller sur l'eau !

Je vois qu'elle est inquiète. Moi, ce qui m'inquiète, c'est qu'il ne trouve pas ma lettre à temps. Je ne pourrais pas supporter une autre journée d'attente. Marianne ajoute :

— Il revient en fin d'après-midi. J'ai hâte de lui dire ma façon de penser ! Ça prend juste lui pour se risquer en bateau un jour de tempête !

— Tu n'as pas dit qu'il y allait avec son père ?

Elle me fusille du regard, mais je suis si soulagée de savoir qu'il pourra se présenter à notre rendez-vous que la mauvaise humeur de ma sœur ne m'atteint pas.

— Son père, son père... Sam n'a jamais peur de rien, il fait toujours son imprudent, et laisse-moi te dire qu'il a de qui retenir.

D'après ce que je peux constater, Marianne tourne en rond autant que moi en attendant des nouvelles de Samuel. J'ai l'impression que je vais perdre la tête si je reste dans cette maison. Je sors mon imperméable, enfile mes bottes. Ma sœur me regarde d'un drôle d'air.

— Où vas-tu ?

— Marcher.

Elle lève les yeux au ciel.

— Tu es aussi folle que lui.

Elle ne sait pas à quel point son commentaire me fait plaisir. J'ai donc un point de plus en commun avec Samuel. Je réprime un sourire et lance en sortant :

— Je ne serai pas partie longtemps.

Après cinq minutes dehors, je suis déjà trempée. Cinq autres minutes plus tard, je n'en ai même plus conscience. Je songe à l'après-midi de photos sous la pluie. Peut-être Samuel y pense-t-il, lui aussi ? C'est à ce moment que j'ai commencé à me rendre compte de mes sentiments pour lui... Si nous n'étions pas allés à la plage ce jour-là, les choses seraient-elles différentes aujourd'hui ? Est-ce que j'aurais continué à croire que Samuel ne vaut pas la peine qu'on s'intéresse à lui ? Quand je pense que je me moquais des filles qui ont le béguin pour lui... Je me croyais au-dessus d'elles et de leur vulnérabilité face au beau Samuel Lachance, et me voilà presque morte d'impatience en attendant notre rendez-vous... J'ai un gros avantage sur les autres : moi, Samuel m'aime ou, en tout cas, m'aimait... J'espère qu'il n'a pas changé d'idée !

Je longe la plage. Le vent me fait suffoquer. Sur la mer, de grosses vagues se forment et viennent s'échouer sur le sable. La pluie tombe si fort qu'elle me fait mal au visage ; on dirait que des centaines d'aiguilles me transpercent la peau. Il y a longtemps qu'on a vu une pareille tempête ! Samuel doit en avoir plein les mains, sur le bateau de son père...

À bout de souffle, je décide de rentrer à la maison.

Le temps de prendre une douche, de me sécher et de m'habiller, il est déjà dix-huit heures. Je n'avale presque rien au souper, trop énervée par ce qui m'attend. Dans une heure, je serai assise en face de Samuel et il me dira... Il me dira quoi au juste ? Soudain, une pensée atroce me traverse l'esprit : Et si ce n'était pas lui, l'auteur des lettres anonymes ? Je me sens tout à coup très mal. Ma mère me demande d'un air soucieux :

— Isabelle, qu'est-ce qui se passe ?

Je m'efforce de prendre une voix normale pour répondre :

— Rien, pourquoi ?

— Tu es pâle et tu n'as presque rien mangé...

Marianne grommelle :

— Tu parles d'une idée, aussi, d'aller marcher par un temps pareil...

Je me lève en murmurant une vague excuse, disant que j'ai un peu trop grignoté pendant l'après-midi et que ça explique mon manque d'appétit. Je descends ensuite à ma chambre et plonge dans mes lettres anonymes, les dévorant l'une après l'autre. Ma lecture terminée, je pousse un soupir de soulagement. Je n'ai plus aucun doute qu'elles viennent de Samuel.

J'entends la porte de la chambre de Marianne se fermer, puis la télévision se mettre en marche au salon. Tout le monde est occupé. Parfait. Je n'aurai pas à expliquer où je vais ni pourquoi.

Je remets discrètement mon imperméable et mes bottes et sors en faisant le moins de bruit possible.

La capitainerie est presque déserte. Rien de surprenant là-dedans, avec la tempête qui gronde. Les deux seules autres personnes à part moi sont Daniel, un étudiant employé pour tenir le bar, et un homme que je ne connais pas. J'aurais préféré que l'endroit grouille de monde, comme ça arrive parfois les belles soirées d'été. J'aurais alors pu passer inaperçue.

Il reste encore quinze minutes avant dix-heuf heures. Je demande une limonade à Daniel et m'assois avec un livre à la table la plus reculée. Je suis plus ou moins une habituée de la place, alors j'ose espérer que Daniel ne se posera pas trop de questions.

Mes mains tremblent et je ne vois rien de ce qui est écrit dans mon livre. Je tourne les pages machinalement, à intervalles réguliers, pour ne pas attirer les soupçons, mais mon esprit vagabonde. Le temps s'écoule beaucoup trop lentement. Je regarde ma montre aux deux minutes et, chaque fois, j'ai l'impression qu'il s'est écoulé une heure. Qu'est-ce qu'il fait? Il est déjà dix-neuf heures quinze... Moi qui croyais qu'il accourrait au rendez-vous, le cœur battant aussi fort que le mien... Peut-être qu'il trouve trop difficile de tout avouer, d'abandonner Marianne et de recommencer à zéro avec une autre... Pourtant, il sait bien que personne ne lui convient autant que moi! Surtout pas ma sœur, qui ne s'intéresse à rien de ce qui le passionne!

Dix-neuf heures trente. Je tourne une page.

Au bar, Daniel et l'homme discutent à voix basse en me lançant des coups d'œil furtifs. Je suis sûre qu'ils parlent de moi. Ils doivent se rendre compte que je ne me trouve pas dans mon état normal. Ça saute sûrement aux yeux. Je rougis. J'en veux à Samuel. Je l'ai attendu toute la journée, j'ai souffert un martyre psychologique en regardant tourner les aiguilles de l'horloge, je me suis posé plein de questions plus angoissantes les unes que les autres, et lui, il n'a même pas la décence de se montrer. Il aurait pu faire un effort, même si tout ce qu'il a à me dire, c'est qu'il a changé d'avis et préfère rester avec Marianne! On sait bien, c'est beaucoup plus facile comme ça. Les gens n'aiment pas se compliquer la vie en amour...

Dix-neuf heures quarante-cinq. Mon cœur va exploser d'une seconde à l'autre. Contre tout bon sens, j'espère encore. S'il n'arrive pas d'ici quinze minutes, je pars. Et s'il vient, il va connaître ma façon de penser.

Marc-André choisit ce moment pour franchir la porte de la capitainerie. Il ne manquait plus que ça! Soudain, je lui en veux autant qu'à Samuel. Il va compliquer une situation déjà pas facile. Et il me connaît mille fois plus que Daniel, alors il ne se gênera pas pour m'interroger. En le voyant s'approcher, j'essaie d'inventer à toute vitesse une excuse plausible, mais l'inspiration me fait cruellement défaut.

— Isabelle! Tu as su la nouvelle?

Sa question me prend par surprise. J'en attendais une, mais pas celle-là... Daniel et l'homme au bar me fixent d'un air étrange. Marc-André a l'air bouleversé. Mon cœur s'emballe, une boule se forme dans ma gorge. Je bafouille :

— Non… Quelle nouvelle ?

— Il y a eu un accident sur le bateau du père de Samuel, cet après-midi.

J'ai le vertige.

— Quoi ? Qui a eu un accident ? Samuel va bien ?

— Je ne sais pas. J'ai essayé de téléphoner chez toi pour avoir des nouvelles, mais ça ne répond pas.

Comment ça, ça ne répond pas ? Ils étaient tous là quand je suis partie !

Je me lève, surprise que mes jambes me soutiennent encore. Marc-André tente un geste vers moi.

— Ne me touche pas !

Je suis en colère contre le monde entier. Contre Marc-André, porteur de mauvaises nouvelles ; contre Daniel et cet homme inconnu, qui savaient depuis le début mais qui se sont contentés de me regarder avec leur drôle d'air au lieu de me mettre au courant ; contre Samuel et son père, qui ont eu la brillante idée de sortir en mer dans la tempête. Oui, je suis en colère, mais mon inquiétude noie tout le reste. Je cours jusque chez moi, parcourant le chemin du retour deux fois plus vite qu'à l'aller et sans voir le paysage. J'ouvre la porte à la volée et me retrouve face à l'image même du désespoir. Marianne, recroquevillée sur une chaise de la cuisine, les bras autour des genoux, les jointures blanches à force de serrer les poings, se berce avec une régularité qui fait peur. Elle tremble de tout son corps. Mon père et ma mère, à genoux près d'elle, tentent de la réconforter. Je ne veux pas qu'ils m'apprennent ce qui est arrivé, mais je n'en peux plus de ne pas savoir.

Ma mère ne me demande même pas où j'étais passée. Elle m'annonce simplement, d'une voix éteinte :

— Samuel s'est noyé.

Le hurlement de Marianne couvre mon propre cri.

# Chapitre 12

Je l'ai déjà dit, je suis tout ce qu'il y a de plus ordinaire. Mes réactions n'ont jamais rien de très surprenant. En apprenant la mort de Samuel, j'ai eu la même que n'importe qui en pareille occasion : j'ai refusé de le croire. Je me suis fermée à tout contact extérieur pendant deux jours. J'ai parlé avec les autres, malgré cette boule dans ma gorge qui ne partait pas, je leur ai souri, j'ai même ri avec eux, mais je ne les entendais pas. Ma tête, mon cœur, tout mon être se concentraient sur un seul but : repousser l'idée que Samuel ne respirait plus, que son corps ne connaîtrait plus jamais la chaleur, que je ne l'entendrais jamais prononcer ces mots que j'avais tant espérés : « Je t'aime, Isabelle. »

Quand j'ai fini par comprendre qu'il ne reviendrait pas, qu'il n'y avait plus rien à faire, j'ai senti une colère immense balayer toutes mes autres émotions. Encore là, rien de très original. J'en ai d'abord voulu à Samuel, si imprudent, si bravache, Samuel qui voulait toujours donner l'impression d'être invincible, Samuel qui n'écoutait personne. Je me rappelle le jour où il est venu avec nous en bateau et n'a pas voulu porter son gilet de sauvetage. C'était une habitude chez lui. Une habitude qui lui a coûté la vie.

J'étais tellement fâchée contre lui que j'ai gardé les dents et les poings serrés presque vingt-quatre heures sur vingt-quatre. Je n'ai presque pas dormi. Au bout de cinq jours, j'ai senti que je commençais à lui pardonner. C'était hier. Aujourd'hui, Samuel peut reposer en paix, je ne lui en veux plus.

Par contre, il y a des moments où je pourrais étrangler Marianne.

Elle, elle vit son deuil d'une façon particulière. Elle n'est pas passée par toutes ces phases traditionnelles que les psychologues expliquent en long et en large et auxquelles on serait en droit de s'attendre. Personne ne sait comment la prendre. Elle s'est tellement repliée sur elle-même que rien ne l'atteint. Elle ne parle plus, ne mange plus, et je gagerais qu'elle n'a pas dormi depuis l'accident. Elle a des cernes sous les yeux et flotte plus que jamais dans ses vêtements. Pourquoi je ne la prends pas en pitié, pourquoi je n'ai pas envie de l'aider ?

Parce que je l'envie.

J'ai l'impression d'être un monstre, la dernière des sans-cœur, la pire des égoïstes. Qui oserait envier une fille aussi malheureuse que Marianne ? Qui pourrait se montrer assez insensible pour se plaindre quand ma sœur agit comme une vraie veuve, comme une femme qui vient de perdre le plus grand et peut-être le seul amour de sa vie ? Moi. Moi, je suis jalouse d'elle, parce que tout le monde lui reconnaît le droit d'être malheureuse, de pleurer toute la journée, de hurler si l'envie lui en prend et de se taire si elle ne veut parler à personne. Tout le monde lui tend la main et veut l'aider, tout le monde la ménage comme si elle pouvait casser d'une seconde à l'autre. Alors que moi, je dois me débrouiller toute seule. Les gens s'attendent à ce que je montre un peu de chagrin parce que c'est toujours triste de voir mourir un gars de seize ans, mais je ne peux pas me laisser aller comme Marianne. Je dois continuer à sourire, à parler, à aller à l'école, quand je voudrais m'écraser quelque part et pleurer à m'en délaver les yeux sans que personne vienne me déranger. Il n'y a pas que Marianne qui souffre. Moi aussi, une partie de moi-même est morte en même temps que Samuel, et ça fait mal. Je donnerais n'importe quoi pour changer de place avec elle et devenir celle qu'on console au lieu de faire partie des gens qui doivent la réconforter.

Je n'ai même pas, comme Marianne, de beaux souvenirs tendres auxquels me raccrocher. Samuel est mort avant d'avoir pu me dire de vive voix qu'il m'aimait. Marianne, elle, a tout reçu de lui : ses baisers, ses caresses, ses mots doux, ses bras... Rien pour éteindre ma jalousie...

Josie me manque comme jamais auparavant. Elle m'aurait comprise, elle, elle m'aurait écoutée sans me juger, mais je n'ose pas lui téléphoner. Ou, plutôt, je n'en ai pas envie. Les premiers temps après son déménagement, on s'écrivait toutes les semaines et on se téléphonait deux fois par mois. Puis, ses lettres se sont espacées et je lui ai écrit moins souvent. Il y a près de deux mois que je n'ai pas reçu de ses nouvelles… et que je ne lui en ai pas donné. Je me vois mal l'appeler en pleine crise pour lui demander de m'aider… et je ne me sens pas la force de tout lui expliquer depuis le début. Notre belle amitié, si forte et si spéciale, n'a pas résisté à la distance…

Aujourd'hui, jour des funérailles, je traîne mon corps comme un boulet. J'ai mal partout. Je me sens lourde, inerte, presque morte à l'intérieur. Je ne veux pas y aller. Je ne veux pas voir son cercueil, l'imaginer, raide et froid, dans cette boîte macabre. Je ne veux pas voir tout le monde entourer Marianne et la prendre en pitié pendant que je serai toute seule dans mon coin. Je ne veux pas entendre parler de Samuel au passé en sachant qu'on ne le fera plus jamais au présent. Je ne veux pas ! Mais mon absence paraîtrait suspecte. Les gens s'attendent à ce que je soutienne ma sœur. Je n'ai pas envie de passer pour une sans-cœur, même si je le suis. Et puis, au fond, une petite partie de moi veut dire adieu à Samuel avant qu'il disparaisse pour de bon.

L'église est bondée. Toute l'école (surtout les filles) s'y est donné rendez-vous. On observe Marianne comme s'il s'agissait d'une bête de cirque. Elle a les yeux rouges et n'arrête pas de renifler. Ça m'énerve. J'ai les nerfs en boule. J'ai si peur de perdre le contrôle de moi-même... Les parents de Samuel se tiennent à l'arrière de l'église avec le cercueil. Son père fait peine à voir avec ses épaules voûtées et ses yeux tristes. Je n'arrive pas à le plaindre. Après tout, c'est sa faute si son fils est mort ! Il n'avait qu'à rester chez lui tranquille au lieu de traîner Samuel en mer !

J'ai mal, j'ai mal, et quand je pense que cette tragédie aurait pu être évitée je souffre tellement que je voudrais mourir.

La cérémonie s'étire, la musique m'arrache des larmes, mes jambes ne pourront plus me porter très longtemps. J'ai le cœur tellement gros que j'ai du mal à respirer. J'ai besoin de toute mon énergie pour ne pas éclater en sanglots. D'ailleurs, je ne vois pas pourquoi je me donne tant de mal : toutes les filles de l'école pleurent à chaudes larmes et se lamentent à qui mieux mieux. De quel droit jouent-elles les martyres ? Elles n'ont rien perdu, elles ! Elles l'oublie-ront vite ! Elles croyaient peut-être l'aimer, mais aucune d'entre elles ne pouvait l'aimer autant que moi, aucune, pas même Marianne ! Alors, leurs larmes, elles peuvent les garder ! Moi, je saurai me montrer forte, brave et, où qu'il se trouve, si Samuel me voit, il sera fier de moi.

Ma résolution vole en éclats à la fin de la cérémonie, quand Marianne s'avance pour prendre la parole. Elle paraît si démunie que j'en oublie presque mon chagrin. Sa voix est étonnamment ferme et claire quand elle commence à parler au micro :

— Je sais ce que vous pensez de moi, ce que tout le monde a toujours pensé : que je suis une fonceuse, une fille décidée, prête à tout pour atteindre ses buts. Je crois que Samuel était le seul à voir derrière les apparences. Dans le fond, je n'ai jamais vraiment su ce que je voulais... jusqu'à ce que Samuel fasse son apparition.

Un sourire illumine un instant son visage. Tout le monde est suspendu à ses lèvres, même (et surtout) moi. Elle continue :

— Dès l'instant où il m'a prise dans ses bras la première fois, j'ai su qu'il était l'homme de ma vie. Vous allez dire que je suis trop jeune, mais je m'en fiche : nous, on le savait, que notre histoire n'était pas ordinaire et elle aurait duré encore longtemps. Avec Samuel, j'ai appris à être moi-même parce que je savais qu'il m'acceptait comme je suis. Je n'avais jamais ressenti ça avant. J'avais toujours l'impression qu'il fallait que je prouve quelque chose à tout le monde. Mais pas à lui. Lui... il m'aimait. Malgré tous mes défauts, malgré toutes les erreurs que j'ai pu faire dans ma vie, il m'aimait. Je me suis souvent demandé pourquoi et je n'ai jamais trouvé de réponse. Le jour où je lui ai posé la question, il a ri et m'a répondu : « Parce que tu ne ressembles à personne d'autre. »

Elle ferme les yeux. Moi qui la méprisais il y a quelques minutes, je l'admire. Elle réussit à retenir ses larmes ; moi, je ne peux pas. Elle reprend, la voix un peu moins assurée :

— Samuel était le gars le plus généreux, le plus chaleureux que j'aie jamais connu. Il aurait voulu que tout le monde autour de lui soit heureux tout le temps. Lui aussi, il se cachait derrière les apparences. Il se rebellait contre l'autorité, contre tout ce qui lui mettait des barrières. C'était plus pour se donner un genre… Il n'était pas toujours sûr de lui et il faisait tout pour le cacher… comme moi. Je crois que c'est pour ça que ça a si bien marché entre nous deux.

Elle s'arrête, prend une grande inspiration et poursuit :

— Il pensait toujours aux autres. Il se fendait en quatre pour les aider et leur remonter le moral quand ils en avaient besoin. Pour une fois, Sam, tu as manqué ton coup, et pas à peu près…

Quelques sourires s'allument dans l'assistance.

— Je me considère comme chanceuse d'avoir pu partager un bout de chemin avec toi, même si j'aurais voulu que ça dure plus longtemps… toute ma vie peut-être. Je t'aime et je ne t'oublierai jamais.

Elle regagne sa place dans un silence de plomb, pas très forte sur ses jambes. Quelques minutes plus tard, la cérémonie s'achève enfin et le cortège de pleureuses s'ébranle vers la sortie. Marianne, elle, reste agenouillée dans son banc en sanglotant à fendre l'âme et en s'accrochant au bois verni comme si elle voulait se fondre dedans. Mes parents essaient en vain de la convaincre de se lever et de suivre les autres. Elle continue de pleurer sans bouger de sa place. Soudain, elle explose et hurle à mes parents :

— Laissez-moi tranquille ! Vous ne l'aimiez même pas, Samuel ! Vous passiez votre temps à dire que je serais mieux sans lui et vous auriez bien voulu vous en débarrasser ! Maintenant que c'est fait, n'essayez pas de me faire croire que vous le regrettez !

Ses yeux lancent des éclairs pendant quelques secondes, puis elle se remet à pleurer. Ma mère recule d'un pas, interdite. Elle ne doit plus reconnaître sa fille... Plusieurs têtes se tournent et observent Marianne avec pitié. L'admiration que j'éprouvais pour elle pendant son discours s'effrite. Elle en met un peu trop. Elle ne pourrait pas montrer un peu plus de dignité ? J'ai du chagrin, moi aussi, et je n'en fais pas tout un cirque ! Elle est laide avec ses vêtements fripés et ses cheveux sales...

Finalement, l'aide arrive d'une source inattendue. La mère de Samuel s'approche de ma sœur, s'assoit à côté d'elle et lui caresse le dos. Elle murmure à Marianne :

— Moi, je l'aimais. Viens, on va partir ensemble.

Marianne, habituellement si rebelle, obéit sans un mot à cette femme et sort de l'église pendue à son bras. Moi, qui me soutiendra ? Qui me comprendra, alors que personne ne connaît mon histoire ? J'aurais envie de faire comme ma sœur, de m'écraser, moi aussi, et de laisser couler le torrent de larmes que je retiens depuis trop longtemps. La différence, c'est qu'à moi on ne le permettra pas. Je prends donc une grande inspiration et me lève pour les suivre.

Mes jambes me trahissent et chancellent sous mon poids. Heureusement, Marc-André apparaît comme par miracle et m'attrape solidement par la taille.

— Ça n'a pas l'air d'aller, Isa.

Comme je ne réponds pas, trop occupée à retenir mes larmes, il ajoute :

— Excuse-moi, je dis des conneries des fois. Moi aussi, je trouverais ça dur s'il fallait que je vive avec elle ces temps-ci.

D'un signe de tête, il désigne Marianne. Sans réfléchir, je réplique, la voix mouillée :

— C'est encore pire que tu crois.

Pour la troisième fois, j'ai envie de tout lui raconter, de lui confier mon

secret, de me décharger un peu sur lui.
Alors que nous avançons vers la sortie,
je lance :

— Je ne veux pas aller au cimetière.
Je ne le supporterais pas.

Marc-André a la délicatesse de ne
pas se montrer surpris. Il demande :

— Tu veux que je te raccompagne
chez toi ?

Je n'ai pas plus envie de me retrouver dans notre maison vide, à attendre
le retour de Marianne et son désespoir,
que d'aller au cimetière. Par contre, chez
Marc-André, j'aurais l'esprit beaucoup
plus tranquille... Je sais que ses parents
travaillent ; alors, si je finis par me décider à me vider le cœur, je n'aurai pas
peur de me faire déranger.

— Je préférerais qu'on aille chez toi.

Cette fois, il ne peut pas s'empêcher
d'avoir l'air surpris, mais il répond
quand même sans hésiter :

— D'accord.

Je réussis à avoir l'air plus ou moins
normale pendant le trajet jusque chez
Marc-André mais, en mettant le pied
dans la maison, je sens la boule dans ma
gorge tripler de volume. Moi qui commençais à m'habituer à sa présence...

— Tu veux boire quelque chose, Isa ?

Jamais de la vie ! Je ne pourrais rien avaler ! Je secoue la tête en silence, incapable de parler. Mes yeux se remplissent d'eau et je serre les dents, honteuse. Je ne voudrais pas que Marc-André me voie pleurer, mais je me demande comment je pourrais empêcher le torrent de couler... Assise dans le divan, je serre les poings en fermant les yeux, tout mon corps tendu comme un arc. Marc-André s'assoit près de moi et demande doucement :

— Isabelle... qu'est-ce qu'il y a ?

La douceur de sa voix aurait raison de la plus forte des filles. Moi, je ne suis pas forte, je me sens même très fragile, et j'éclate en sanglots. Tout mon corps tremble comme si je venais de passer trois heures dehors à moitié nue en plein mois de janvier. Marc-André me prend dans ses bras. Je sens la tension s'échapper de mon corps. Je ne savais pas que se laisser aller contre quelqu'un pouvait faire autant de bien...

— Tu m'inquiètes, Isa...

Je le sens, juste à sa façon de me serrer trop fort contre lui. L'oreille collée à sa poitrine, j'entends son cœur battre presque aussi vite que le mien et je me surprends à passer un bras autour de sa taille. Sa main tremble en caressant mon dos. Je voudrais le serrer à l'étouffer, me blottir de toutes mes forces contre lui, mais je n'ai plus d'énergie. Je suis si fatiguée… Mes larmes se tarissent après plusieurs longues minutes. Épuisée mais soulagée, je résiste un peu quand Marc-André m'écarte de lui. Il prend mon visage entre ses mains et visse son regard au mien :

— Isabelle, parle-moi !

Soudain, je sais que je ne pourrai pas lui confier mon secret. Il est trop droit, trop honnête, il ne pourrait jamais faire quelque chose de mal. Il ne me comprendrait pas. Comment pourrais-je lui avouer que je garde ma photo de Samuel, celle de la plage, sous mon oreiller ? En la regardant de près, on peut y voir des dizaines de marques de baiser. Déjà, embrasser une photo, ce n'est pas très normal ; qu'il s'agisse du chum de ma sœur n'arrange rien, et qu'il soit mort, en plus… Je voudrais m'assommer à coups de poing tellement je m'en veux d'avoir succombé à son charme.

Je secoue la tête, prends une grande inspiration et réponds à Marc-André :

— Non, je ne peux pas, c'est… c'est trop dur.

C'est surtout trop humiliant, mais je ne veux pas le lui dire.

— J'ai tout mon temps, Isa.

— J'ai dit non !

Ma véhémence me surprend autant que lui.

— Excuse-moi, j'ai les nerfs à fleur de peau. N'insiste pas, s'il te plaît.

— D'accord.

Marc-André se montre parfois si compréhensif qu'il m'exaspère. On n'a pas idée d'être aussi parfait !

Une demi-heure plus tard, je sors de la maison les yeux secs et le cœur plus léger. Marc-André a même réussi à me faire rire.

Je commence à croire qu'avec beaucoup, beaucoup de temps, je finirai par réussir à oublier ma peine.

Pour l'instant, elle est encore là, cachée quelque part, prête à bondir et à m'engloutir n'importe quand.

# Chapitre 13

Il ne reste plus qu'une semaine avant les grandes vacances d'été. Déjà! J'en ai tellement rêvé, de ces vacances... Le voilier, le soleil et, dernièrement, Samuel... Maintenant, je voudrais que l'école continue jusqu'en septembre. Comment vais-je occuper mes journées? Si mon plan avait fonctionné, je serais probablement en train de faire des projets avec Samuel, au lieu d'essayer par tous les moyens de l'oublier.

Je sais que je vais couler mes examens de fin d'année et je m'en balance. Je feins quand même de prendre la chose au sérieux, pour ne pas éveiller les soupçons, et je me rends aux épreuves comme tout le monde. La plupart du temps, je remets une feuille à moitié blanche ou couverte de réponses qui ne tiennent pas debout. Et après ? Je ferai mieux aux examens de reprise, à la fin de l'été. D'ici là, je devrais avoir le temps de me remettre un peu...

Marianne, elle, ne prend même pas la peine de faire un effort. Elle se présente à l'école par pure formalité et n'y moisit jamais longtemps. Personne ne lui demande de comptes et tout le monde sait qu'elle va échouer. Moi, par contre, mon cas risque de causer toute une surprise... J'entends d'ici mes parents me poser trente-six mille questions, chercher la raison d'une pareille déchéance, s'arracher les cheveux devant leur fille rebelle. Qui pourrait se douter que moi, le modèle parfait de la fille sage et raisonnable, j'ai décidé de tout balancer par-dessus bord et que ça ne me dérange absolument pas ? Je m'étonne moi-même.

▲ ▲ ▲

Marianne fait irruption dans ma chambre sans frapper, suivant sa vieille habitude. Il y a deux semaines que Samuel est mort et qu'elle n'a pas montré un seul comportement à peu près

normal. Son geste me surprend tellement que j'en reste bouche bée.

— Qu'est-ce que c'est ?

Il s'agit de la première phrase complète qu'elle m'adresse depuis l'accident.
J'aurais préféré ne pas l'entendre. Elle y
a mis tellement de colère… Et, surtout,
elle l'a prononcée en jetant sur mes
genoux ma lettre destinée à Samuel.

Je sens que ma dernière heure est
venue. La bouche sèche, je demande :

— Où as-tu trouvé ça ?

— Sa mère me l'a donnée pour que
je te la rende.

— Tu l'as lue ?

— Bien sûr que je l'ai lue, qu'est-ce
que tu crois ? Maintenant, vas-tu arrêter
d'éviter le sujet et m'expliquer ce que ça
veut dire ?

Elle ne se contentera pas d'une
réponse vague. Voici donc arrivée la
minute de vérité. Je ne sais pas quels
mots employer pour ne pas lui faire trop
de mal… J'avais prévu lui annoncer la
nouvelle avec Samuel, pas toute seule !
Comment va-t-elle réagir ? Pourra-t-elle
supporter le choc ? Elle est encore si
fragile…

— J'attends, Isabelle.

Je prends une grande inspiration et
me jette à l'eau.

— Samuel m'aimait. J'ai reçu plein de lettres anonymes et j'ai deviné que c'était lui qui les écrivait.

Je raconte toute l'histoire sans respirer et sans regarder Marianne, en résumant le plus possible. Inutile de m'attarder aux détails. Quand enfin je termine mon récit, un silence lourd s'installe. Inquiète, je lève les yeux. Je n'ai jamais vu ma sœur aussi pâle. On dirait qu'elle va s'évanouir d'une seconde à l'autre. Pour la première fois de ma vie, j'ai pitié d'elle.

— Je m'excuse, Marie. Si tu ne m'avais pas posé de questions, je ne te l'aurais jamais dit. Je sais que ça doit être épouvantable pour toi, mais…

— Tu te trompes. Ce n'est pas Samuel qui t'a écrit ces lettres.

— Je suis sûre que oui !

En un clin d'œil, je me rends à ma commode, ouvre le tiroir du bas, en sors la pile de lettres et les tends à Marianne.

— Tiens, lis-les, tu verras bien !

Elle les prend à contrecœur, les tourne et les retourne, puis me les rend.

— Non, merci. Ça ne servirait à rien. Samuel n'a pas écrit une seule de ces lettres-là.

— Marie…

— Ôte-toi cette idée-là de la tête, Isabelle ! Samuel t'aimait beaucoup, mais il ne t'aimait pas tout court. C'est moi qu'il aimait !

Les larmes coulent sur ses joues et elle n'essaie même pas de les arrêter. Je hausse les épaules.

— Tu peux croire ce que tu veux. Moi, je connais la vérité.

Elle part tellement vite qu'elle en oublie de fermer la porte.

▲ ▲ ▲

Il y a quatre jours que j'ai tout raconté à Marianne. Quatre jours qui ont passé aussi lentement que quatre mois. Je me sens au bord d'une dépression. Vivre dans la même maison que ma sœur est devenu un cauchemar. Avant, elle avait l'air triste, désespérée même, mais maintenant elle semble perdue. Elle a repris son attitude de sourde-muette et fait comme si rien n'existait autour d'elle. Quand elle me voit, elle me fixe d'un drôle d'air, comme si elle voulait me dire quelque chose, puis elle se détourne sans un mot. Je l'ai surprise quelques fois à se parler toute seule, murmurant si bas que je n'ai rien compris. Peut-être qu'il n'y avait rien à comprendre… Peut-être que ma sœur est en train de devenir folle… et moi aussi, par la même occasion.

La nuit dernière, elle a encore fait un cauchemar. Depuis une semaine, ça n'arrête pas. Chaque nuit, je me réveille en sursaut, terrifiée par un long cri à vous glacer le sang, qui vient de sa chambre. Je n'en peux plus. Je n'ai même pas réussi à feindre l'enthousiasme après notre dernier examen, il y a trois jours. Pendant que tout le monde sautait de joie et se souhaitait de bonnes vacances, je suis restée crispée, un sourire artificiel figé sur les lèvres, au bord des larmes. L'été s'annonce comme un long calvaire et mes talents de comédienne commencent à s'émousser… La preuve, Marc-André n'a pas cru à ma mise en scène et m'a dit qu'il s'inquiétait pour moi. Sur le coup, je n'ai pas apprécié sa remarque, je lui ai même dit de se mêler de ses affaires, mais aujourd'hui, ça me fait chaud au cœur de savoir que quelqu'un, quelque part, se soucie de mon état. Je me demande s'il s'en préoccupe assez pour m'accueillir à bras ouverts un samedi matin, à sept heures et demie… Je décide de ne pas pousser trop ma chance. Je vais attendre encore une heure, puis je me rendrai chez lui.

Il m'arrive de manquer de patience. À huit heures et cinq, incapable de tenir en place, j'ai décidé de partir. Je me disais qu'en prenant mon temps j'en avais pour au moins quarante minutes avant de sonner chez Marc-André. Mais j'ai tellement hâte de lui parler que j'ai fait le trajet au pas de course, ou presque. Me voilà donc devant sa porte, à me demander si je vais oser frapper un samedi matin à huit heures et demie. Il va croire que j'ai perdu la tête !

Finalement, je n'ai même pas besoin de me décider à appuyer sur la sonnette. La porte s'ouvre sur la petite sœur de Marc-André, qui doit avoir sept ou huit ans et qui n'est pas surprise le moins du monde de me trouver là.

— Marc-André est en haut, dans sa chambre. Il vient de se lever, je l'ai entendu marcher tantôt.

— Merci.

Elle retourne à ses dessins animés et ne s'occupe plus du tout de moi. J'hésite. Je commence à me demander si c'était une bonne idée de venir jusqu'ici. Puis je décide de tenter ma chance. Je me vois mal retourner chez moi, le cœur toujours à l'envers, et regretter toute la journée de ne pas avoir pris le taureau par les cornes… Si je dérange Marc-André, je m'en apercevrai et je m'en irai.

Je monte les marches et me retrouve nez à nez, en haut de l'escalier, avec Marc-André. Dieu merci ! il est tout à fait réveillé ! Un peu échevelé, d'accord, mais au moins il a les yeux bien ouverts et est vêtu de façon décente… Je me rends compte, un peu tard, que j'aurais pu le croiser à moitié habillé. Je rougis en espérant qu'il ne le remarquera pas.

— Isabelle ? Qu'est-ce que tu fais ici ?

— Je voudrais te parler. Tu as cinq minutes ?

J'aurais plutôt besoin de cinq heures, mais il ne faut pas trop en demander. Marc-André me répond : « Bien sûr » et me précède jusqu'à sa chambre, dont il ferme la porte. Le lit défait me met un peu mal à l'aise. Je me sens comme une intruse. Marc-André s'en rends compte.

— Excuse le désordre… Tu aurais peut-être préféré qu'on aille au salon, mais avec ma sœur qui écoute la télé…

— Oh ! c'est parfait. De toute façon, je ne te dérangerai pas longtemps.

— Tu ne me déranges pas, Isa. Ça me fait plaisir de t'aider quand je peux et, honnêtement, je suis content de savoir que tu as besoin de moi.

Sa façon de me regarder, de me fixer plutôt, comme s'il voulait me dire quelque chose avec ses yeux, me fait baisser la tête. Je serre les mains pour les empêcher de trembler. Mon cœur se détraque. En me concentrant pour essayer de lui rendre un rythme normal, je me rends compte que je n'ai pas pensé à Samuel depuis que Marc-André est apparu dans le décor. En me rappelant le beau visage que je ne reverrai plus, je sens revenir les larmes et je m'essuie les yeux en reniflant. Assis sur son lit, Marc-André soupire.

— Viens t'asseoir, Isa, et raconte-moi ce qui t'arrive.

Je m'exécute et commence à lui décrire les cauchemars de Marianne qui m'empêchent de dormir la nuit, son attitude qui frise la folie, sa façon d'éviter tout et tout le monde. En partant de chez moi, j'avais l'intention de lui confier aussi l'histoire des lettres anonymes et mes sentiments pour Samuel, mais je me rends compte que je ne pourrai pas. J'ai parfois l'impression que

Marc-André est le seul à vraiment me comprendre, m'apprécier et se soucier de moi. J'ai peur de l'effet que ma confession pourrait avoir. Peut-être que je baisserais tellement dans son estime qu'il ne voudrait plus jamais me parler... Je me sens tout à coup plus seule que jamais, enfermée dans une prison dont je ne pourrai jamais sortir. J'éclate en sanglots en plein milieu d'une phrase. Marc-André, de toute évidence, se demande quoi faire et quoi dire. Il soupire.

— Tu sais, Isa, c'est très difficile de deviner ce que tu as dans la tête. Je voudrais bien t'aider, moi, mais tu ne me dis rien ! Tu commences à te confier et, au moment où ça devient important, tu bloques !

En hoquetant à travers mes larmes, je tente de me justifier :

— Je ne peux pas... tout... te raconter... Je voudrais mais... ça ne sort pas...

— Fais un effort !

Je secoue la tête.

— Tu ne... comprends pas...

— Là-dessus, tu as parfaitement raison. Je me demande comment tu peux vouloir me dire quelque chose et ne pas pouvoir le faire. Et, surtout, je ne comprends pas pourquoi tu te mets dans un état pareil à cause de ta sœur.

— C'est… compliqué…

— J'avais remarqué, oui.

Je réussis à contenir mon chagrin et à sourire. J'ajoute :

— Ce n'est pas grave si tu ne me comprends pas. Juste de savoir que tu es prêt à m'écouter, pour moi, c'est déjà beaucoup.

Le sourire de Marc-André me touche tellement que je sens revenir les larmes. Quand il met sa main dans mon dos, si doucement que je la sens à peine, c'est comme s'il venait d'ouvrir les vannes. Je me remets à pleurer de plus belle, un peu honteuse de ma faiblesse.

— Tu as toujours l'air tellement forte, Isabelle. Tellement en contrôle. C'en est presque inquiétant, des fois. Ça fait du bien de voir que tu peux te laisser aller de temps en temps.

Le cœur en miettes, je pose ma tête sur son épaule. L'air se charge d'électricité. Je ferme les yeux. J'enfouis mon visage dans le chandail de Marc-André et j'inspire de toutes mes forces, comme si je voulais m'imprégner de son odeur et de sa chaleur. Il respire doucement dans mes cheveux en remontant une main jusqu'à mon cou. Mes larmes cessent brusquement de couler. Une petite voix dans ma tête sonne l'alarme : « Tu joues avec le feu, Isabelle… » Et s'il exisait des feux qui ne brûlent pas, qui ne font que réchauffer et redonner la vie ? Je me sens trop heureuse pour l'écouter, cette petite voix.

Marc-André me serre fort contre lui, comme s'il avait peur que je me sauve. Pas de danger ! En ce moment, j'ai trop besoin de sa présence pour penser à m'en détacher. À ma grande surprise, je m'aperçois que je ressens une certaine envie de lui, un désir très physique de me coller contre son corps, de me blottir dans ses bras, d'oublier le monde autour de nous pour ne plus penser qu'à lui. Qu'est devenu le Marc-André que je connaissais, le gars un peu taciturne que je voyais à peine tellement il faisait presque partie des meubles ? Depuis des années, il a toujours été là, silencieux, réservé, et je n'ai jamais ressenti le besoin de le connaître mieux. Mais là, tout à coup, j'aurais envie de lui poser plein de questions, de lui faire raconter sa vie, de découvrir tout ce qu'il cache aux autres… Je me serre encore plus fort contre lui, en m'accrochant à ses bras. Une tempête se déchaîne dans mon ventre. Je murmure son nom et je ne reconnais pas ma voix. Je crois que je mourrai s'il ne m'embrasse pas dans les dix prochaines secondes.

Je lève la tête vers lui. D'après son visage bouleversé, je déduis qu'il éprouve les mêmes sentiments que moi... Sa bouche cherche la mienne, gourmande, affamée même. Quand nos lèvres se rencontrent, je l'embrasse sans tendresse, avec une force presque animale, et il répond de la même façon. Finalement, hors d'haleine, je desserre mon étreinte à contrecœur, en cherchant mon air. Marc-André, lui aussi à bout de souffle, me fixe avec des points d'interrogation dans les yeux, l'air de se demander ce qui nous a pris. J'espère qu'il ne s'attend pas à ce que je lui réponde parce que je ne le sais pas moi-même... Au bout de plusieurs longues secondes, je finis par le lâcher, mais lui, il laisse ses bras autour de moi. Il sourit et remarque :

— Tu goûtes le sel. J'ai l'impression d'embrasser une sirène.

Une sirène... La mer... Samuel... Samuel ! Je replonge dans la réalité. Marc-André perd son sourire.

— Qu'est-ce qu'il y a ? On dirait que tu viens de voir un fantôme !

Il ne croit pas si bien dire ! Je me dégage et me lève d'un bond, un peu chancelante, comme si je venais de courir le marathon.

— Excuse-moi, Marc-André, j'ai perdu la tête.

Je ne dois pas l'avoir tout à fait retrouvée, d'ailleurs, parce que si je m'écoutais je replongerais dans ses bras sans me poser de questions. Mais avec Samuel qui vient de se glisser entre nous, je me verrais mal me jeter au cou d'un autre... même si ce n'est pas l'envie qui manque. Qu'est-ce qui m'arrive, pour l'amour du ciel ?

Marc-André semble se poser la même question. Je crois qu'il va se fâcher bientôt si je ne lui explique pas ce qui se passe... Malheureusement, je n'en ai aucune idée moi-même. D'un ton incrédule et un peu brusquement, il lance :

— Et alors ? Tu ne vas pas me dire que tu as trouvé ça horrible de m'embrasser ! Tu avais l'air plutôt consentante !

— Je n'aurais pas dû... Ce n'est pas ta faute... Oublie ce qui vient d'arriver, d'accord? Je ne sais pas pourquoi je suis venue ce matin.

— Isabelle, ce que tu dis n'a aucun sens.

— Tu ne comprends pas…

Il explose :

— Non, mais peut-être que je comprendrais si tu avais la gentillesse de t'expliquer !

J'ai l'impression que nous sommes chacun dans notre monde et que nous essayons de nous parler en utilisant deux langues différentes. Je sens que je lui ai fait mal et que, peu importe ce que je dirai, je ne réussirai pas à réparer mon erreur. Il ne m'écoutera pas de toute façon. Le gars qui se tient devant moi n'a plus grand-chose à voir avec celui qui m'a accueillie il y a une demi-heure. Il est furieux et j'aurais intérêt à lui donner une bonne explication si je tiens à son amitié… Comme je n'en trouve pas, je murmure simplement d'une voix blanche :

— Excuse-moi.

Et je sors sans qu'il tente un geste pour me retenir.


Dehors, une pluie glaciale me fait frissonner. C'est tout ce que je mérite après avoir blessé quelqu'un comme Marc-André, qui essaie seulement de m'aider. Mais je ne l'ai pas fait exprès! Je ne voulais pas que ça se passe comme ça, je n'avais rien prémédité, je me suis laissée aller sans réfléchir... Et c'est peut-être cet abandon qui me gêne le plus. Quand je pense que j'ai réussi à oublier Samuel, que j'ai eu envie d'un autre gars à ce point alors qu'il n'y a même pas un mois qu'il est mort... Je ne me suis jamais sentie aussi coupable de toute ma vie. J'ai l'impression de trahir Samuel. Ce baiser de Marc-André, je le voulais, je l'espérais et, s'il ne me l'avait pas donné, je l'aurais pris, de gré ou de force. Je n'ai jamais ressenti un pareil désir pour Samuel et, même dans mes rêves les plus fous, je n'aurais jamais imaginé que mon corps pourrait réagir aussi vivement au sien. Tandis qu'avec Marc-André... Je me sens perdue! Tout se mêle dans ma tête: Samuel, Marc-André, le passé, le futur, la vie, la mort...

Je cours pour m'abriter de la pluie au plus vite, et aussi un peu pour fuir Marc-André et toutes les questions qui me trottent dans la tête. Comme si courir pouvait régler quelque chose! En passant par la rue du bord de la mer, j'aperçois une silhouette sur la plage. C'est une fille, les cheveux dénoués, pieds nus et sans manteau. Il faut être fou pour se promener ainsi par un temps pareil… Je ne suis même pas surprise de reconnaître Marianne.

Je descends du trottoir pour aller la rejoindre.

— Marianne, qu'est-ce que tu fais là ?

Elle ne se retourne pas et ne prend pas la peine de me répondre. Comme si elle n'avait rien entendu, elle avance vers la mer et ne ralentit même pas quand ses pieds entrent dans l'eau, glaciale à cette période-ci de l'année malgré les journées plutôt chaudes. Je frissonne à sa place.

— Marie, arrête, tu vas attraper ton coup de mort !

Elle continue de faire la sourde oreille et d'avancer lentement. L'eau s'enroule autour de ses chevilles, lui monte à mi-mollets, puis aux genoux. Elle m'effrait, soudain, avec son attitude de détraquée et son allure décidée. Jusqu'où se rendra-t-elle avant de s'arrêter ? Une idée horrible me traverse soudain l'esprit : Et si elle ne s'arrêtait pas ?

J'en oublie la pluie et le froid et me lance à sa suite. Le contact de l'eau me fait perdre le souffle une seconde, puis je continue. En m'entendant derrière elle, Marianne s'arrête et se retourne enfin.

— Isabelle! Tu es folle ou quoi?

— Regardez qui parle!

Elle hausse les épaules.

— Tu peux croire ce que tu veux, je m'en fiche. Rien ne me dérange, ces temps-ci.

Son ton détaché, son indifférence me font voir rouge. Tout à coup, je n'ai plus froid du tout.

— Tu m'énerves, Marianne! Tu m'énerves! Tu crois que tu es la seule à souffrir? Tu crois que tu as le droit de jouer les martyres et d'oublier les autres? Tu penses que tu fais pitié et que tout le monde devrait te plaindre, hein?

Elle me regarde avec l'air de se demander quelle mouche m'a piquée. Je continue:

— Ça ne t'est jamais passé par la tête que tu es chanceuse, dans un sens? Au moins, tu as eu plusieurs mois avec Samuel, toi! Tu as des souvenirs avec lui, tu as pu lui parler, le toucher, l'embrasser... Et moi, là-dedans, qu'est-ce que je deviens? Qu'est-ce que j'ai eu, moi ? Rien du tout ! Quelques lettres même pas signées…

— Ce n'est pas lui qui les a écrites.

— Laisse-moi finir ! Je sais que c'est lui !

Je vois que je lui fais mal, mais je me dis que c'est tant pis pour elle. Si elle veut qu'on la plaigne, que ce soit au moins pour une bonne raison !

— Les autres trouvent peut-être que tu as le droit de baisser les bras et de te laisser aller, mais pas moi ! Au lieu de t'enfermer dans ta coquille et de ruminer tes malheurs, tu devrais relever la tête et te concentrer sur les bons moments que tu as partagés avec Samuel ! Tu en as eu, toi, au moins !

Le regard de Marianne se durcit. Elle serre les dents et me lance :

— On dirait que tu oublies que je l'aimais encore plus que toi. C'est normal que j'aie de la peine, non ? Tout le monde n'est pas insensible comme toi !

Sa remarque m'atteint en plein cœur. Moi, insensible ? C'est comme ça qu'elle me voit ? Ma colère et mon indignation tombent d'un coup.

— Je ne suis pas insensible. Je suis jalouse.

— Jalouse ?

— Oui, parce que moi, je ne peux pas montrer mes sentiments. Les gens ne comprendraient pas pourquoi je pleure autant le chum de ma sœur. Toi, ils te supportent, mais moi, ils me diraient que j'en fais trop. Et s'il fallait qu'ils devinent que je l'aimais, ils m'accuseraient de tous les défauts du monde.

Je soupire, puis continue :

— Ils auraient raison parce que, en plus de te blesser toi, je n'ai pas été correcte avec Marc-André.

Marianne s'avance vers moi et, au bruit de ses pas dans l'eau je prends conscience que je suis glacée de la tête aux pieds.

— Qu'est-ce que Marc-André vient faire là-dedans ?

Je lui résume ma visite chez lui ce matin, puis conclus :

— Je voulais qu'il me réconforte, qu'il m'aide à remettre de l'ordre dans mes idées. Je n'ai jamais été aussi mêlée. On dirait que je ne me sens pas le droit de l'aimer, pas tout de suite. Quand je pense aux lettres de Samuel, je me dis que je lui dois un peu de respect, même si notre histoire n'a jamais abouti…

J'attends les protestations habituelles de Marianne : « Ce n'est pas lui qui les a écrites. » Curieusement, elles ne viennent pas. Elle me regarde plutôt avec l'air de vouloir me demander quelque chose, puis se ravise et me prend le bras, m'entraînant sur la plage.

— Viens, on ferait mieux d'aller se changer avant de geler sur place.

C'est drôle, je croirais entendre la Marianne d'avant.

# Chapitre 14

Je n'ai jamais regretté quelque chose comme je regrette notre baiser, à Marc-André et moi. Je croyais qu'avec le temps mon sentiment de culpabilité finirait par s'estomper, mais il augmente de jour en jour. Une semaine s'est écoulée et je m'en veux plus que jamais.

Si j'étais honnête avec moi-même, je m'avouerais que ce qui me dérange vraiment, c'est de ne pas pouvoir me lancer corps et âme dans une relation amoureuse avec Marc-André. Dieu sait que ce n'est pas l'envie qui manque ! Je me suis sentie tellement bien dans ses bras, tellement vivante, et je rêve encore au baiser que nous avons échangé. Je donnerais cher pour pouvoir recommencer et retrouver les mêmes émotions, mais Samuel hante toujours ma mémoire et mon cœur. Je me sentirais méprisable de me jeter à la tête d'un autre gars si peu de temps après sa mort.

J'en ai parlé un peu avec Marianne. Depuis qu'elle sait que Marc-André m'a embrassée, on dirait qu'elle est obsédée par l'idée que je pourrais commencer une histoire d'amour avec lui. Si elle le pouvait, je crois qu'elle me pousserait de force dans ses bras. Je ne comprends pas très bien ses raisons. Peut-être qu'elle veut être la seule à pleurer Samuel ? Toujours est-il que, quand je lui ai confié mes états d'âme, elle m'a presque fait un sermon sur mon droit, et même mon devoir, de profiter de la vie et de ce qu'elle peut m'apporter. Je me rappelle encore ses paroles exactes : « Samuel est mort, mais toi, tu es vivante, et tu serais pas mal nouille de ne pas en profiter. » J'ai rétorqué qu'elle pouvait bien parler, elle qui jouait au zombie depuis un mois, mais elle m'a répondu : « Ce n'est pas moi qui suis amoureuse d'un autre gars, Isabelle. » Ça m'a coupé le sifflet. Je n'ai même pas eu la présence d'esprit de lui faire remarquer que je n'avais jamais dit que j'étais amoureuse de Marc-André.

Elle m'aurait lancé que je suis encore plus aveugle qu'elle le croyait.

Nous avons eu cette conversation il y a deux jours et, depuis, je n'arrête pas d'y penser. Marianne a raison, je devrais profiter de la vie. Et je commence à admettre qu'elle n'a pas tort sur un autre point aussi : je suis amoureuse de Marc-André. D'ailleurs, je ne sais pas ce qui me retient de courir le rejoindre. Ou plutôt, oui, je sais : ce sont les lettres de Samuel, que je ne peux pas m'empêcher de relire tous les soirs, même si je me rends compte qu'il s'agit d'une véritable torture mentale.

Il y a des jours où je me trouve vraiment compliquée.

▲ ▲ ▲

Je continue de faire mon jogging presque tous les jours. J'ai de plus en plus l'impression que je cours pour fuir quelque chose... peut-être pour me fuir moi-même ? Cet après-midi, j'ai fait un détour pour passer devant chez Marc-André, sachant qu'il finit de travailler plus tôt le jeudi. J'ai bien tenté de me convaincre que je voulais simplement rallonger un peu mon parcours, mais sans succès. D'ailleurs, j'ai été tellement déçue de ne pas le voir que je n'aurais pas pu me mentir longtemps.

Quelques minutes plus tard, je l'ai aperçu à la marina. Les pulsations de mon cœur ont grimpé à une vitesse qui n'avait rien à voir avec l'exercice physique. Pour la première fois de ma vie, je me suis demandé ce que Marc-André pensait de mon apparence. Quand j'ai vu qu'il levait la tête vers moi, je l'ai salué de la main, mais il m'a à peine jeté un coup d'œil. J'ai senti mon cœur se casser en deux. Je crois qu'il m'en veut encore pour ce fameux baiser et, surtout, pour mes cachotteries. Il a raison.

Bref, ma séance de jogging m'a peut-être fait du bien sur le plan physique, mais pour ce qui est de me changer les idées, on repassera…

En rentrant chez moi, je feuillette distraitement le courrier que mon père a rapporté de la poste et laissé sur la table de la cuisine. Surprise ! Au milieu des factures et des circulaires, je trouve une enveloppe blanche tout ce qu'il y a de plus banale, qui m'est destinée. Ça m'intrigue, je n'attendais rien et il n'y a pas d'adresse de retour. Curieuse, je la déchire et en tire une feuille de papier ligné. Mon cœur arrête de battre. Cette lettre ressemble à d'autres que je connais bien…

En dépliant la feuille, j'ai l'impression de me trouver face à un fantôme. Un long frisson me parcourt. Les lettres dansent devant mes yeux et je dois lire le message trois fois avant de comprendre quelque chose.

*Isabelle,*

*On cherche parfois bien loin ce qui se trouve tout près. Je sais que tu te sens perdue et que tu souffres. J'ai mal avec toi. Tu n'es pas toute seule, quoi que tu en penses. Je t'aime.*

M.-A.

Mon Dieu. Marc-André.

Après une douche glacée, encore assommée par ma découverte, je me suis plongée dans un bain brûlant. Si le froid n'a eu à peu près aucun effet sur moi, peut-être que l'eau chaude m'engourdira assez l'esprit pour que je puisse voir clair dans mes idées…

Allongée dans la baignoire, je regarde ma peau se teinter de rouge en pensant à Samuel et à Marc-André. Je suis soulagée d'apprendre que Samuel n'était pas amoureux de moi ; un sentiment de liberté me rend toute légère. En y repensant, je crois que je n'étais pas vraiment amoureuse de lui. Le sentiment que j'éprouvais en sa présence, ce n'est rien à côté de l'attirance que Marc-André exerce sur moi. Et je ne parle pas seulement de désir physique : s'il m'en laissait l'occasion, je pourrais l'écouter parler pendant des heures tellement j'ai envie de tout connaître de lui. Je voudrais découvrir ses qualités, ses défauts, ses faiblesses, ses rêves ; je voudrais qu'il n'ait plus aucun secret pour moi, devenir celle qui le connaît le mieux au monde. Et je voudrais lui raconter ma vie, pour qu'il me connaisse mieux que personne. Je n'ai jamais ressenti ça, ni même rien d'approchant, avec Samuel. J'étais seulement flattée qu'un gars aussi populaire s'intéresse à moi. Et même si je n'en suis pas fière, je dois admettre que j'ai succombé à son charme, à son sourire, à son allure de vedette de cinéma. Moi qui me croyais plus forte que les autres filles, je n'ai pas résisté plus qu'elles, au contraire... Maintenant, j'ai l'impression d'avoir fait une gaffe monumentale. Marc-André ne me pardonnera jamais d'avoir joué avec ses sentiments. Je voudrais mourir de honte quand je pense que j'ai cru Sam amoureux de moi. En regardant en arrière, je comprends que j'ai été plutôt naïve. J'ai interprété de travers des gestes et des paroles tout à fait innocents. Samuel était très sociable, ouvert aux autres et plutôt extraverti. Comme l'a si bien dit Marianne dans son discours d'adieu, il faisait toujours tout ce qu'il pouvait pour rendre les autres heureux. Il distribuait ses sourires à la ronde, parlait à tout le monde et avait une façon bien à lui de toujours établir un contact physique avec les gens, par une petite tape sur l'épaule ou une main dans le dos. Je n'aurais pas pu le remarquer avant? Je croyais que ces marques d'attention m'étaient réservées en exclusivité! Marianne pouvait bien protester quand j'affirmais que les lettres anonymes venaient de Samuel!

Qu'est-ce que je vais faire maintenant? Je devrai annoncer la nouvelle à Marianne, en espérant qu'elle ne se lancera pas dans un sermon commençant par: «Je te l'avais bien dit!» Et ensuite? Que se passera-t-il ensuite? Il faudra bien que je parle à Marc-André, mais comment? Je n'ai aucune idée de ce que je devrais lui dire et j'ai l'impression qu'un seul mot de travers ruinerait toutes mes chances.

Pourquoi es-tu mort, Samuel? Si on s'étaient rencontrés à ce fameux rendez-vous, on aurait pu remettre les pendules à l'heure et ma vie serait beaucoup moins compliquée maintenant! D'accord, j'aurais eu l'air folle pendant quelques minutes, mais personne n'est jamais mort de ça...

En pensant à Samuel, je prends conscience de l'eau autour de mon corps. Je me demande comment il s'est senti quand il est tombé à la mer. Il n'a probablement pas eu le temps de se poser beaucoup de questions; l'eau est tellement froide par ici qu'il paraît qu'on perd le souffle au premier contact. Je prends une grande inspiration et me laisse glisser sur le dos jusqu'à avoir la tête complètement immergée. Les bruits me parviennent étouffés, sourds. Les yeux fermés, je tente de retenir ma respiration le plus longtemps possible. Aussi longtemps que je me concentre là-dessus, je ne pense pas à mes problèmes... Si seulement je pouvais les noyer, eux aussi, les faire disparaître comme Samuel est disparu!

J'ai l'impression que mes poumons vont éclater si je ne sors pas la tête bientôt, et pourtant je ne bouge pas. Je me sens devenir lourde ; tout mon corps tend vers la surface, mais je résiste. On dirait que je veux me punir... Finalement, n'en pouvant plus, je me redresse en cherchant de l'air. L'image de Marc-André s'impose aussitôt dans mon esprit.

Ça n'a pas marché. Le casse-tête demeure toujours aussi présent et impossible à résoudre. Il ne coulera pas avec l'eau dans le trou de la baignoire...

Il va falloir que je trouve un autre moyen de me débarrasser de mes interrogations.

▲ ▲ ▲

Je crois que j'ai trouvé la solution. Le meilleur moyen de savoir ce que Marc-André pense et veut, c'est de le lui demander, non ? Donc, j'ai décidé de lui parler, franchement et sans détour.

Je lui ai téléphoné il y a une demi-heure et lui ai demandé de venir chez moi. Il ne m'a même pas demandé pourquoi. Il doit s'en douter un peu... Je fais les cent pas en l'attendant.

Au bruit de la sonnette de la porte d'entrée, j'ai l'impression que mon cœur arrête de battre. Il reprend sa course de plus belle quand j'ouvre la porte à un Marc-André à l'air sceptique. Il semble se demander si ça valait la peine de faire tout ce chemin pour me voir. Je ne l'en blâme pas. Je lui ai déjà si souvent demandé d'écouter mes confidences, pour me défiler à la dernière minute, que je ne devrais pas me surprendre s'il se montre sur ses gardes... Cette fois, ce sera différent. Je veux tout lui avouer, même et surtout mes nouveaux sentiments pour lui.

Je m'apprête à le saluer avec mon plus beau sourire quand il m'annonce :

— Je n'ai pas beaucoup de temps, Isabelle. Alors, si tu as quelque chose à me dire, essaie de ne pas passer par trente-six détours, s'il te plaît.

J'en reste bouche bée. Je ne reconnais plus Marc-André. Quel ton froid, glacial même ! On dirait qu'il est encore en colère... Je ne peux m'empêcher de riposter :

— Si tu ne voulais pas venir, tu aurais dû me le dire !

Je m'attendais à ce qu'il s'excuse de son attitude, mais j'en prends pour mon rhume.

— Écoute, je ne suis pas venu pour que tu m'engueules. Si tu n'as rien de mieux à faire, je pars, je te jure. Mais tant qu'à m'avoir demandé de me déplacer, tu pourrais au moins me dire pourquoi, non ?

Ouf ! la discussion s'annonce plus difficile que prévu... Il ne lèvera pas le petit doigt pour m'aider. Cette fois, je devrai me débrouiller toute seule. La gorge un peu serrée, je lui indique de me suivre au sous-sol, jusqu'à ma chambre.

Comment les choses ont-elles pu changer à ce point et aussi vite ? Il y a quelques jours à peine, je pouvais lui dire n'importe quoi, n'importe quand et n'importe où, et je ne me souciais pas le moins du monde de savoir ce qu'il pensait de moi, de mes opinions ou de mon apparence. Maintenant, il n'a même pas besoin de parler et je me sens à l'envers. Je ne le vois pas mais, juste à entendre ses pas et sa respiration derrière moi, je perds tous mes moyens. Dire que je voyais notre discussion comme quelque chose de simple il y a quelques minutes à peine ! Maintenant, je n'arrive plus à trouver mes mots et je me demande comment je vais pouvoir faire passer mon message.

Je referme la porte derrière nous en prenant mon temps, en repoussant le plus possible le moment où je me retrouverai seule face à Marc-André. C'est drôle, il y a des jours que je rêve d'un tête-à-tête avec lui, et maintenant je voudrais voir une foule autour de nous... Mal à l'aise, je me tords les mains en me forçant à le regarder. Je l'implore mentalement : « Souris, prends-moi dans tes bras, dis quelque chose... » mais il me dévisage, les bras croisés, et me demande froidement :

— Alors ?

Il semble décidé à ne pas me faciliter la tâche mais, tant pis, je plonge.

— Je comprends que tu m'en veuilles un peu... et même beaucoup. Je n'ai pas toujours été correcte avec toi. Aujourd'hui, je t'ai demandé de venir parce que j'ai décidé de tout te raconter.

— Ah oui ?

Malgré son air sceptique, je sens que j'ai piqué sa curiosité. Ce que je dis l'intéresse plus qu'il veut bien le laisser voir.

— Oui.

Je prends une grande inspiration.

— J'aimais Samuel... ou, plutôt, je croyais que je l'aimais.

Il accuse le coup sans broncher. À part un léger haussement de sourcils, un battement de cils et une brève contraction des mâchoires, rien ne paraît dans son visage. On dirait qu'il ne m'a pas entendue.

— As-tu compris ? J'aimais Samuel !

— Oui, d'accord, je ne suis pas sourd ! Pas besoin de crier !

— C'est tout ce que ça te fait ? Tu ne me trouves pas épouvantable d'être tombée amoureuse du chum de ma sœur ?

Il hausse les épaules.

— On ne choisit pas qui on aime, je suis bien placé pour le savoir.

Malgré le ton amer avec lequel il a lancé sa phrase, je voudrais qu'il me la répète encore et encore. Il vient presque de m'avouer qu'il m'aime, et il y a un monde entre le lire et l'entendre... Du coup, j'ai une envie folle de le prendre dans mes bras. J'amorce un pas vers lui, mais il ajoute :

— Si j'avais su comment tu me traiterais, je me serais tenu loin de toi, je t'en signe un papier.

J'avale difficilement ma salive, puis demande :

— Et je t'ai traité comment ?

Son sourire en coin n'a rien de joyeux et ses yeux lancent des éclairs. Les miens vont bientôt se noyer s'il continue de me repousser aussi durement...

— Comme un imbécile. Tu es venue pleurer sur mon épaule pour un autre gars sans même prendre la peine de t'expliquer. Tu as profité de moi. Tu savais que je ne te refuserais rien, alors tu as pris tout ce que tu pouvais sans te demander une seconde comment je me sentais.

— Tu as raison, je m'excuse.

Visiblement, il ne sait plus quoi dire. Il s'attendait probablement à ce que je proteste. Je profite de son silence pour enchaîner :

— J'étais aveuglée par ma peine, je ne m'apercevais pas du mal que je te faisais, et j'avoue que je ne me suis pas demandé comment tu pouvais réagir à mes sautes d'humeur. Mais maintenant, je vois plus clair.

— Et qu'est-ce que tu vois ?

Il semble beaucoup plus accessible qu'il y a quelques minutes, plus ouvert, moins sur ses gardes. Je reprends espoir.

— Je vois que tu comptes beaucoup plus dans ma vie que Samuel. Depuis que... qu'on s'est embrassés, je n'arrête pas de penser à toi et, pour tout te dire, j'ai juste envie de recommencer… Je me suis rendu compte que, même si la mort de Samuel m'a fait de la peine, s'il fallait que tu disparaisses aussi tu laisserais un vide beaucoup plus grand. Quand je pense que ça pourrait arriver, je comprends Marianne. Moi aussi, je perdrais la tête si tu avais un accident. Et je ne réagirais pas comme ça pour un simple ami.

Marc-André baisse la tête. Je poursuis :

— Je crois que c'est par orgueil que je suis tombée amoureuse de Samuel. De toute façon, comme je te disais, je croyais que j'étais amoureuse, mais je ne l'étais pas vraiment.

Marc-André relève les yeux.

— Explique-toi, je ne comprends pas du tout ce que tu racontes.

— Le problème, c'est que quand Samuel était là la plupart des filles ne voyaient pas les autres à côté. Moi aussi, je suis tombée dans le piège. Quand un gars aussi populaire a l'air de s'intéresser à toi, c'est flatteur… J'aurais voulu que les autres m'envient, je me croyais supérieure parce qu'il m'avait remarquée… Je me trompais, mais je croyais vraiment que je l'intéressais. Il avait une façon de regarder les gens, de leur parler, qui les attirait comme un aimant, moi autant qu'une autre.

Le visage de Marc-André change d'expression et je vois immédiatement que quelque chose ne va pas.

— À t'entendre, on dirait que tu l'aimes encore.

— Non! Non, je ne l'aime plus, je te jure! En fait, je ne l'aimais même pas, c'est ce que j'essaie de t'expliquer! En tout cas, je ne l'aimais pas comme je t'aime, toi...

— Ne dis pas ça.

— C'est vrai! Je t'aime, Marc-André! Qu'est-ce que ça te prendrait pour que tu me croies?

— Et si Samuel n'avait pas eu son accident, tu l'aurais su quand, que tu m'aimais?

Comment le convaincre? Il ne veut rien comprendre... Je voudrais lui répéter encore et encore que je l'aime, que Samuel n'existe plus et ne se dressera plus jamais entre nous, mais je sais que je dois trouver autre chose, un argument plus solide. Pourtant, tout ce que je trouve à dire, c'est:

— Je ne sais pas...

— Je pense que c'est jamais, moi. Je serais toujours resté deuxième. Excuse-moi, mais jouer les bouche-trou, ça ne m'intéresse pas.

Il a déjà une main sur la poignée. Je ne peux pas le laisser partir comme ça ! Je me précipite vers lui pour lui barrer le chemin.

— Laisse-moi m'en aller.

— Non ! Promets-moi d'y réfléchir au moins !

— Je ne peux pas me battre contre un fantôme, Isabelle.

Je me jette entre lui et la porte. S'il veut partir, il devra me passer sur le corps avant… C'est ce qu'il tente de faire, d'ailleurs. Il s'avance comme s'il pensait que j'allais lui laisser la voie libre, mais je résiste.

— Marc-André, s'il te plaît…

À bout de patience, il empoigne mes épaules pour m'enlever de son chemin. Dès que ses mains me touchent, un courant électrique passe entre nous, le même que la dernière fois. Je me retrouve prisonnière entre son corps et la porte, je peux à peine respirer, mais rien ne pourra me faire bouger de ma place.

— Isabelle, ôte-toi de là.

Au ton de sa voix, je sais qu'il ne pense pas ce qu'il dit. Au contraire. Incapable de parler, je fais signe que non de la tête. Il prend alors mon visage entre ses mains et il m'embrasse avec une violence qui me coupe le souffle. Son cœur cogne contre ma poitrine, sa bouche écrase la mienne, ses doigts s'emmêlent dans mes cheveux. On dirait qu'il a perdu le contrôle de son corps. Un cri de victoire me monte aux lèvres, mais Marc-André me repousse brusquement.

— Sais-tu à partir de quand j'ai commencé à t'aimer ? Quand je t'ai vue nu-pieds sur la plage, dans la pluie, à prendre tes photos avec Samuel. Avant, tu avais toujours l'air trop sérieuse, trop sage et même snob. Tu avais l'air d'avoir trente ans, pas quinze. Ce jour-là, pour une fois, tu semblais vraiment vivante, et ça a continué après. Tu as beaucoup changé et la nouvelle Isabelle me plaît beaucoup plus que l'ancienne.

Je n'arrive pas à décider si je devrais prendre ses dernières paroles pour un compliment ou pour un reproche. Je tends la main pour le toucher mais il s'écarte, comme s'il avait peur de se brûler.

— Peux-tu imaginer ce que ça me fait de savoir que je dois ça à un autre gars ?

Il prend une grande inspiration, comme s'il tentait de se calmer, puis ajoute :

— Je ne veux plus jamais te revoir.

Cette fois, je ne peux rien faire pour le retenir. La surprise m'empêche de bouger et, avant que j'aie pu me ressaisir, il est déjà loin.

Je ne croyais pas qu'il me restait des larmes après la mort de Samuel et tout ce qui a suivi, et pourtant je viens de pleurer sans arrêt pendant près d'une heure.

Qu'est-ce qui m'a pris d'aller vanter Samuel ? Marc-André a eu raison de se fâcher ! J'étais sur la bonne voie, j'aurais réussi à le convaincre, et je me trouverais probablement dans ses bras, à l'heure qu'il est, au lieu de pleurer comme une Madeleine ! Du coup, je sens les larmes revenir et j'enfouis mon visage dans mon oreiller pour la centième fois au moins depuis que Marc-André est parti.

Toute à mon chagrin, je n'entends pas Marianne entrer dans ma chambre.

Je ne m'aperçois de sa présence que lorsque le matelas se creuse à côté de moi.

— Arrête, Isa, tu vas provoquer une inondation !

— Tu n'es pas drôle !

Elle soupire.

— Écoute, j'ai arrêté, moi, de pleurer Samuel, tu pourrais te forcer et faire pareil...

— Tu ne comprends rien ! Ce n'est pas à cause de Samuel que je pleure, alors fiche-moi la paix !

Comme elle ne part pas et me demande vingt fois ce que j'ai, je finis par lui déballer mon histoire :

— Tu avais raison, ce n'est pas Samuel qui a écrit les lettres, c'est Marc-André. Je lui ai dit que je l'aimais mais il ne veut rien savoir, et je le comprends, mais j'aurais voulu qu'il m'écoute au lieu de partir comme s'il avait eu le Diable à ses trousses, et en plus il a dit qu'il ne voulait plus me revoir...

— Arrête !

Je suis tellement surprise par son intervention que j'en oublie de pleurer.

— Respire par le nez et reprends tout ça depuis le début. Je ne comprends rien à ton histoire.

Je m'exécute et lui raconte plus calmement la visite de Marc-André et notre discussion. À mesure que je parle, j'ai l'impression qu'on m'enlève un poids de sur les épaules. Partager ma peine me fait un bien immense. Marianne semble vraiment concernée par mon chagrin. Elle prend tout très à cœur et me pose plein de questions. À la fin, elle refuse de croire que Marc-André parlait sérieusement quand il a dit qu'il ne voulait plus me voir.

— Il va bien finir par comprendre que tu n'aimes plus Samuel !

Elle devra trouver quelque chose de plus convaincant si elle veut réussir à me redonner confiance. Je secoue la tête et rétorque :

— Tu ne l'as pas vu partir ! Je suis sûre, moi, qu'il pensait vraiment ce qu'il disait.

— Mais, Isabelle, s'il t'aime...

Je hausse les épaules.

— Il ne m'aime peut-être pas tant que ça. Tu as l'air de trouver que l'amour résoud tous les problèmes. Ça fait des lunes que tu essaies de me faire croire que ma vie serait plus facile si je tombais amoureuse. Eh bien ! voilà, c'est fait, et qu'est-ce que ça me donne ? Des problèmes, rien que des problèmes! Je ne suis pas plus avancée! Il serait temps que tu reviennes sur Terre, Marianne. L'amour, ça n'a pas que des bons côtés. Moi, je donnerais cher pour l'éliminer de ma vie.

— Voyons, Isa, tu ne penses pas ce que tu dis…

— Oh oui!

— Donne-toi un peu de temps, les choses vont s'arranger avec Marc-André…

— Tu veux parier?

Elle a beau essayer toutes sortes d'arguments, je lui tiens tête et reste sur mes positions. Après une demi-heure, elle s'avoue vaincue et quitte ma chambre en soupirant. Pour une raison que je m'explique mal, elle semble considérer mes problèmes avec Marc-André comme un échec personnel. Je voudrais bien qu'elle ait raison et que le temps arrange les choses. Malheureusement, j'ai de gros doutes là-dessus.

# Chapitre 15

Je vis un enfer. Ces derniers jours, j'ai croisé Marc-André plusieurs fois à la marina et dans les rues du village. Il fait semblant de ne pas me voir. On dit que le hasard fait bien les choses, mais il lui arrive de se tromper complètement: je n'ai jamais eu si peu envie de rencontrer Marc-André et il se trouve toujours sur mon chemin. Je me sens misérable chaque fois, comme si je ne méritais pas d'exister. Je crois que j'aurai besoin de plus de temps encore pour me remettre du rejet de Marc-André qu'il ne m'en a fallu pour surmonter la mort de Samuel.

À propos de Samuel, j'ai déchiré les deux photos de lui que je gardais sous mon oreiller. Ce temps-là paraît si lointain! Celle de Marc-André et moi a pris leur place. Je ne peux m'empêcher de la regarder, chaque soir et chaque matin, comme si je voulais pousser la douleur un peu plus loin. Nous avons l'air de ce que nous devrions être maintenant : un couple... Quand je regarde la main de Marc-André sur ma taille, je frissonne : en me concentrant juste un peu, je peux presque la sentir sur moi... Et son sourire me mitraille. Je ferais les pires folies pour le voir me sourire de nouveau comme ça. J'ai mille regrets et je n'ose plus attendre une deuxième chance... Mon seul espoir, c'est que je cesse un jour de l'aimer, mais ce n'est pas demain la veille que ça se produira.

Ce matin, la tempête s'est levée très tôt. Le temps ressemble étrangement à celui qu'il faisait le jour où Samuel s'est noyé. Les souvenirs remontent en vagues et, même si j'ai d'autres soucis ces temps-ci, ils me font encore mal. Si moi je me sens à l'envers, j'imagine dans quel état peut se trouver Marianne... J'irais volontiers la voir pour tenter de lui remonter le moral, mais la porte de sa chambre reste obstinément fermée. Je n'ose pas la déranger : elle préfère peut-être ruminer sa peine toute seule.

Après une demi-heure, n'y tenant plus, je vais frapper à sa porte. Il y a des limites à vouloir souffrir en silence et j'ai mal pour ma sœur, qui doit pleurer toutes les larmes de son corps sans personne pour la consoler. Je lui dois beaucoup depuis que je lui ai raconté ma mésaventure avec Marc-André. Elle n'a rien réglé de mes problèmes mais, au moins, elle m'a fait sentir que quelqu'un se préoccupait assez de moi pour m'écouter les raconter.

Comme elle ne répond pas aux coups que je frappe avec insistance, j'ouvre sans attendre sa permission. Surprise! le lit est fait, les stores sont relevés et il n'y a aucune trace de Marianne. Où peut-elle donc se trouver, si tôt le matin? Il n'est que huit heures et, par un temps comme celui-ci, elle reste habituellement dans sa chambre jusqu'à midi...

Sur son édredon bleu marine, une tache blanche attire soudain mon attention. Quelques feuilles pliées en quatre... La tête vide et le cœur fou, je m'en empare d'un geste brusque et les déplie tellement vite que je manque de tout déchirer.

*Chère Isabelle,*

Me pardonneras-tu un jour ? Eh oui, l'auteure des lettres anonymes, c'était moi. Tu pourras me traiter de menteuse, de cachottière et de tout ce que tu voudras, mais avant, laisse-moi t'expliquer.

Commençons par le commencement. Tu dois te demander ce qui m'a pris de me faire passer pour un admirateur anonyme et risquer de te voir tomber amoureuse d'un gars qui n'existe pas. C'est simple : tu me tapais sur les nerfs, et pas juste un peu, avec ton air de tout connaître de l'amour et ton obstination à vouloir t'en passer… Je voulais que tu tombes amoureuse, que tu te rendes compte que tu n'es pas meilleure que nous, pauvres mortels… Tu avais l'air de te croire au-dessus de tout le monde ! Tu m'énervais, tu n'as pas idée à quel point. Et tes complexes d'infériorité me faisaient rager, parce que j'ai toujours eu l'impression que tu valais mieux que moi. Quand je t'entendais dire que pas un gars ne s'intéressait à toi, je t'en voulais, parce que j'avais l'impression qu'indirectement tu me rabaissais en même temps. Si tu n'étais pas digne qu'on t'aime, je n'avais pas grand espoir de l'être, moi…

Évidemment, si j'avais su que mes lettres te feraient tomber amoureuse de

Samuel, je n'en aurais pas écrit le premier mot. Je n'aurais jamais cru que mon petit jeu nous mènerait aussi loin. Je n'ai tellement rien vu venir que je lui ai même demandé de t'inviter pour un slow, à une certaine danse ; t'en souviens-tu ? Je voulais que tu te rappelles la sensation qu'on a quand on se retrouve dans les bras d'un gars... Mon plan a fonctionné, et même beaucoup trop bien. Quand je t'ai vue t'enfuir, je me suis demandé pourquoi ; quand tu m'as avoué, dernièrement, que tu as commencé à l'aimer ce soir-là, je me suis traitée de tous les noms.

Il y a quand même eu un point positif à cette histoire : mes lettres m'ont sauvé la vie, au moins une fois. Le jour où tu m'as vue sur la plage, les pieds dans l'eau, j'étais décidée à en finir. Je te jure que si tu ne m'avais pas trouvée, je n'aurais pas arrêté ; j'aurais continué d'avancer jusqu'à rejoindre Samuel... Je n'en pouvais plus de passer mes journées à pleurer et à me demander ce que nous serions devenus s'il avait continué à vivre.

Ne va pas croire que ce sont tes reproches qui m'ont fait revenir sur mes pas. Tout ce que tu m'as jeté à la figure ce jour-là, je me l'étais déjà répété des dizaines de fois : que j'avais de la chance de conserver de beaux souvenirs de Samuel, que les gens m'appuyaient et m'aidaient de leur mieux, et tout le reste... Tu ne m'as rien appris de nouveau. Non, ce qui m'a fait réfléchir, c'est de savoir que tu étais prête à me suivre. Quand je t'ai entendue marcher dans l'eau derrière moi, je me suis dit qu'il y avait au moins une personne au monde qui se souciait de moi, et tu ne peux pas savoir le bien que ça m'a fait. Mais ce qui m'a vraiment sauvée, c'est ce que tu m'as raconté au sujet de Marc-André.

Du coup, j'ai vu toute l'histoire d'un autre angle. Je me suis rendu compte que je pouvais faire une dernière chose pour toi. Marc-André a bien des défauts, mais il reste un des meilleurs gars que je connaisse... après Samuel, bien sûr. Je ne sais pas grand-chose sur lui, mais j'ai un sixième sens pour ces choses-là. Bref, j'ai tout de suite compris que je pouvais me racheter pour l'histoire des lettres, réparer le mal que j'avais causé. Je sais que tu as souffert énormément à la mort de Samuel, et par ma faute ; je ne pourrai jamais assez m'en excuser... Alors, je suis revenue avec toi à la maison. J'ai tenté, du mieux que j'ai pu, de t'aider. Encore une fois, j'ai échoué. Et je suis désolée de t'avouer que je ne vois plus comment m'en sortir. J'ai l'impression d'avoir gâché ta vie, celle de Marc-André et la mienne aussi. Je n'ai pas ta force, ni ton courage. Je voudrais faire comme toi, pleurer un bon coup puis retrousser mes manches et continuer d'avancer, mais je ne peux pas. Je ne réussis pas à me relever, à regarder devant. Dieu sait que j'ai essayé !

J'ai souvent cru que tu étais froide, insensible, indifférente aux autres. Pardonne-moi de te le dire, mais c'est comme ça que la plupart des gens te percevaient. Depuis que tu es tombée amoureuse de Samuel, tu as l'air plus humaine. Marc-André n'est pas le seul à avoir vu une différence. Tu es beaucoup plus accessible et je ne doute pas que ça va t'aider à être plus heureuse… même si, quand on s'ouvre aux autres, on prend le risque de se faire blesser.

Avant de me traiter de lâche ou de traître, laisse-moi t'avouer une dernière chose : je me suis prise à mon propre piège. Le jeu que j'avais commencé avec les lettres, j'ai fini par le prendre beaucoup plus au sérieux. Les messages que je t'écrivais m'ont amenée à réfléchir. Je me suis rendu compte qu'on dit plus facilement « Je t'aime » à un inconnu qu'aux membres de sa famille. Je connaissais Samuel depuis deux semaines à peine quand je le lui ai dit; pourtant, je vis avec toi depuis quinze ans, et je ne me rappelle pas avoir prononcé ces mots-là pour toi. Quand j'ai écrit la dernière lettre, je ne jouais plus. Les mots « Je t'aime », je les pensais vraiment. Je ne me mettais plus dans la peau d'un admirateur secret.

Je m'excuse, Isabelle, de te laisser te débrouiller toute seule avec les problèmes que je t'ai causés, mais j'ai l'impression que je te fais plus de mal que de bien. De toute façon, Marc-André t'adore et il trouvera bien un moyen de te l'exprimer. Je crois honnêtement que tout le monde s'en sortira mieux sans moi. Pardonne-moi...

P.-S. M.-A., ça peut aussi vouloir dire Marie-Anne.

Je ne prends même pas le temps de me demander si je lui en veux ou non. Un sentiment d'urgence me fait monter une grosse boule à la gorge. D'après le ton de sa lettre, rien ne l'arrêtera, pas même moi... Mais je ne vais pas laisser ma sœur se tuer en gardant les bras croisés! Je cours presque jusqu'au téléphone en priant le ciel pour que Marc-André accepte de m'écouter. Un coup, deux coups, trois coups... Je croise les doigts...

— Allô !

C'est lui ! Je n'ai jamais été aussi heureuse d'entendre sa voix.

— Marc-André, s'il te plaît, ne raccroche pas…

— Isabelle ?

Il a l'air plus surpris que fâché. Je ne le laisse pas placer un mot de plus :

— Je t'en supplie, écoute-moi, il faut absolument que tu m'aides…

— Je ne te dois rien, à ce que je sache. J'ai déjà donné plus qu'à mon tour.

— Oui, je sais, tu as raison, mais ce n'est pas pour moi, c'est pour Marianne… Elle m'a écrit une lettre, elle va faire une bêtise si on ne l'arrête pas…

— Quel genre de bêtise ?

— Elle veut se… se suicider.

Le mot passe mal dans ma gorge, sur mes lèvres, et résonne à l'infini dans ma tête. Se suicider… Ma propre sœur… Je sens que je vais bientôt paniquer.

— Tu es sûre de ça ?

— Tu ne penses quand même pas que j'inventerais une pareille histoire ? Écoute, avec ou sans toi, je vais aller la chercher. J'ai seulement besoin d'un canot pneumatique, je suis sûre qu'elle est partie avec celui du *Neptune*. Je peux prendre le vôtre ?

— Isabelle...

— De toute façon, je le demande par pur principe, parce que je vais le prendre même sans ta permission.

— Isabelle...

— Oh ! et puis, je me demande pourquoi je t'ai appelé, j'aurais dû savoir que tu dirais non.

Je raccroche sans écouter ses protestations. Je n'ai pas une seconde à perdre.

Je cours sous une pluie battante, empruntant mon trajet de jogging habituel. Je n'aurais jamais imaginé que je le parcourrais un jour à une telle vitesse et pour une pareille raison... Je me retiens pour ne pas pleurer. J'aurai besoin de toute mon énergie, ce n'est pas le moment de me laisser aller.

Je me sens seule, seule contre la nature en colère, contre le chagrin immense de ma sœur, contre le monde entier.

En arrivant enfin à la marina, je m'arrête une fraction de seconde, stupéfaite. Marc-André m'attend dans le canot pneumatique de *L'Étoile de mer*. Le moteur est déjà en marche. Je me précipite vers lui, pleurant presque de soulagement. Il ne me laisse même pas le temps de le remercier et me lance :

— Je ne pouvais quand même pas te laisser partir toute seule, j'aurais eu ta mort sur la conscience en plus de celle de Marianne. Paniquée comme tu l'es, tu ne pourrais jamais manœuvrer le canot comme du monde.

Sous son air bourru, je le sens aussi inquiet que moi.

Il me tend un gilet de sauvetage, que j'enfile sans y penser, et nous partons. La mer, déchaînée, est encore plus immense qu'à l'habitude. Essayer de trouver un canot sur une pareille étendue, c'est pire que chercher une aiguille dans une botte de foin... Heureusement, je connais assez bien ma sœur pour deviner ses projets : elle va sûrement essayer d'atteindre l'endroit où Samuel s'est noyé... L'histoire a fait le tour du village au moins trois fois et tout le monde doit savoir où l'accident a eu lieu. Dans ma tête, le chemin est tout tracé. Je guide Marc-André en hurlant à m'en arracher la gorge car le vent couvre presque mes cris.

Soudain, nous l'apercevons, ballottée sur son canot comme une plume dans le vent. C'est un miracle qu'elle ne soit pas encore à l'eau...

Nous nous rapprochons avec une lenteur exaspérante. J'ai l'impression que, pour chaque centimètre que nous franchissons, les vagues nous font reculer d'un mètre. Heureusement, Marianne n'a jamais été une grande adepte de la vitesse. Même en ce moment, où la vie ne compte plus beaucoup pour elle, elle se montre relativement prudente. J'imagine qu'elle veut se rendre le plus près possible de l'endroit où Samuel s'est noyé avant de plonger... Nous arrivons enfin à portée de voix. Agrippée aux côtés du canot, je hurle :

— Marianne ! Marianne, attends !

Elle se retourne à peine, le temps de me jeter un coup d'œil, puis accélère. Des larmes de désespoir me brouillent la vue. J'enrage de la voir m'échapper. Elle n'a pas le droit ! Elle n'avait pas le droit de me faire croire à un admirateur secret, elle n'avait pas le droit de s'immiscer dans ma vie privée et elle n'a pas le droit de m'enlever ma sœur ! Elle est la seule que j'ai, la seule que j'aurai jamais et, même s'il m'est arrivé de la détester, je ne l'échangerais pas. J'ai honte quand je pense à quel point j'ai été égoïste. Je me suis repliée sur ma petite personne, j'ai pleuré sur mon sort, j'ai même envié le sien, sans penser une seconde au calvaire qu'elle pouvait endurer. Marianne a dû souffrir le martyre, elle qui se voyait si bien entourée, mais sans personne pour réussir à la consoler. Moi, j'avais Marc-André et je l'ai toujours; le voir près de moi me redonne espoir. Une fois cette aventure terminée, nous trouverons sûrement moyen de nous entendre. En attendant, nous perdons du terrain... Marianne s'éloigne.

Je n'espère même plus. Jamais personne n'a pu détourner Marianne d'un projet, d'une idée, et ce n'est pas moi qui vais changer les choses aujourd'hui. Dans un sursaut de révolte, je me lève et, bien droite dans le vent, je mets mes mains en porte-voix:

— MARIANNE!

Une vague plus forte que les autres, immense, vient s'attaquer au bateau. Mes cheveux m'aveuglent, je ne vois rien, je sens seulement que je perds pied.

— Isab...

La mer referme sur moi son étreinte glaciale, me coupant du reste du monde et du cri de Marc-André.

# Épilogue

Quand je suis tombée à la mer, le froid m'a coupé le souffle. Le temps que je recommence à respirer, Marc-André se trouvait déjà hors d'atteinte. Paniquée, je me battais pour garder la tête hors de l'eau, mais les vagues et mes vêtements imbibés me tiraient vers le fond. Mes bras, qui s'engourdissaient et devenaient de plus en plus lourds, ne me laissaient pas une grosse chance de m'en sortir. L'eau glaciale et salée que j'avalais en essayant d'appeler Marc-André me râpait la gorge. J'entendais les deux canots tourner autour de moi, mais j'avais l'impression qu'ils étaient très loin et ne réussiraient jamais à m'atteindre. Le visage de Samuel m'est apparu dans un éclair et je me souviens d'avoir cru que j'allais mourir comme lui. Mais ma dernière pensée, avant que je perde conscience, est allée à Marc-André. Je me suis dit qu'avec un peu plus de temps j'aurais fini par le convaincre de me laisser une chance et que le destin était cruel de couper le fil de ma vie à ce moment précis. J'aurais pu mourir avant notre querelle et ne pas laisser de regrets derrière moi, ou après notre réconciliation et emporter de beaux souvenirs... C'est donc en maudissant le hasard, qui ne fait pas toujours bien les choses, que j'ai abandonné la lutte. De toute façon, mes bras et mes jambes ne m'ont pas laissé le choix : lourds et inutiles, ils ne répondaient plus à mes commandes. Mon esprit s'engourdissait aussi et je me sentais bizarrement coupée de mon corps.

J'ai entrevu Marc-André une dernière fois. J'ai cru voir des larmes sur son visage, mais j'ai pensé que c'était peut-être la pluie, ou la distance qui me jouait des tours. Puis j'ai fermé les yeux, en pensant que je n'aurais plus jamais mal, ni froid, jamais.

Le reste, on me l'a raconté plus tard, quand j'ai été en mesure d'écouter mon histoire.

Quand Marc-André a finalement poussé la porte de l'urgence en me portant dans ses bras, il avait le visage presque aussi blanc que le mien. Marianne le suivait de près, plus morte que vive elle aussi. Ils avaient réussi à me repêcher après quinze longues minutes dans l'eau. Je crois qu'à ce moment la vie avait déjà commencé à me déserter...

Dès mon entrée à l'hôpital, on s'est occupé de moi. N'importe qui aurait compris qu'il n'y avait pas une seconde à perdre, d'après ce que Marianne m'a raconté... Quand les infirmières ont commencé à découper mes vêtements, Marc-André a détourné les yeux. Il m'a avoué, plusieurs semaines plus tard, qu'il ne voulait pas me voir comme ça, un corps inerte et froid, à la limite du vivant; sans la chaleur de la vie, ma nudité n'avait plus aucun attrait pour lui. Puis, quand l'infirmière m'a installé le soluté, Marianne a failli tomber dans les pommes. Elle n'a jamais beaucoup aimé les piqûres et les hôpitaux; déjà, d'être entrée à l'urgence, c'était beaucoup pour elle et il ne fallait pas trop lui en demander. Elle est allée téléphoner à mes parents puis patienter dans la salle d'attente en se rongeant les ongles. Marc-André est resté là à m'observer, enveloppée de couvertures chauffantes, un soluté dans le bras et un tube dans le nez, l'air d'une Martienne égarée sur la Terre... Marianne prétend qu'il a pleuré en me voyant ainsi, mais il n'a jamais voulu confirmer ses dires. Je sais par contre que lorsque j'ai fini par ouvrir les yeux il a été le premier à rejoindre mes parents à mon chevet. Et là, qu'il veuille l'avouer ou non, il a laissé couler une larme ou deux.

Je ne l'ai plus jamais vu pleurer depuis. Au contraire, il sourit encore plus qu'avant, lui qui était déjà la bonne humeur incarnée. Il dit que c'est à cause de moi. Mon accident date d'il y a presque un an et il ne m'a pas lâchée d'une semelle depuis. Je lui ai raconté l'histoire des lettres en détail et il a assez bien pris la chose. Il n'en a pas voulu à Marianne. Au contraire, il a considéré son geste comme une marque d'affection envers moi et un peu aussi envers lui.

Moi aussi, j'ai pardonné à ma sœur, et plutôt vite. En fait, dès mon réveil, quand j'ai vu Marc-André près de moi, les yeux pleins d'eau et qui me serrait la main à la broyer, j'ai mentalement remercié Marianne. Après tout, si elle n'avait pas été là pour faire avancer les choses, qui sait si je serais un jour devenue la nouvelle Isabelle, celle que Marc-André aime? Les lettres m'ont apporté une confiance en moi qui me manquait cruellement. Elles me donnaient l'impression que quelqu'un se souciait de moi. Elles m'ont fait prendre conscience que je ne suis pas aussi insignifiante que je le pensais. Cette nouvelle estime de moi-même m'a permis de m'ouvrir aux autres, de leur laisser voir ma vraie personnalité, celle que Marc-André aime... et que je commence à aimer, moi aussi. Et puis, l'épreuve s'est révélée encore plus difficile pour Marianne que pour moi. Elle s'est culpabilisée pendant presque un mois et je crois qu'elle a pleuré encore plus qu'à la mort de Samuel. Mon accident a aussi fait remonter le souvenir de son amoureux et elle a enfin ressenti la colère qu'on vit habituellement au début d'un deuil. Pendant quelques semaines, elle a eu envie de tout casser dans la maison. Puis, petit à petit, elle a commencé à se prendre en main et à se remettre de toute cette histoire.

Aujourd'hui, elle étudie au cégep.

Elle met toute son énergie, et Dieu sait qu'elle en a, à réaliser son nouveau projet : devenir psychologue. Elle voudrait pouvoir aider les jeunes qui, comme elle, vivent un chapitre noir de leur vie. Je suis sûre qu'elle y arrivera... et qu'elle sera la meilleure.

Elle a dû s'exiler pour continuer d'étudier. Elle dit s'ennuyer de la mer... et de moi. Moi aussi, je m'ennuie d'elle, de ses entrées intempestives dans ma chambre, de nos chicanes et de ses confidences.

Elle m'écrit souvent. Et elle signe toujours « M.-A. ».

# Remerciements

aux nombreuses adolescentes qui ont lu mon manuscrit et m'ont aidée de leurs commentaires et de leurs encouragements

au D<sup>r</sup> Claude Lafortune pour les précisions médicales